中國語言文字研究輯刊

十 七 編

許 學 仁 主編

第 15 冊

白語漢源詞之層次分析研究
（第一冊）

周 晏 菱 著

花木蘭文化事業有限公司

國家圖書館出版品預行編目資料

白語漢源詞之層次分析研究（第一冊）／周晏菱 著 -- 初版

-- 新北市：花木蘭文化事業有限公司，2019〔民 108〕

目 14+144 面；21×29.7 公分

（中國語言文字研究輯刊 十七編；第 15 冊）

ISBN 978-986-485-935-1（精裝）

1. 白語 2. 詞源學 3. 語言學

802.08   108011984

ISBN-978-986-485-935-1

中國語言文字研究輯刊

十七編　　第十五冊　　　　ISBN：978-986-485-935-1

白語漢源詞之層次分析研究（第一冊）

作　　者　周晏菱

主　　編　許學仁

總 編 輯　杜潔祥

副總編輯　楊嘉樂

編　　輯　許郁翎、王　筑、張雅淋　美術編輯　陳逸婷

出　　版　花木蘭文化事業有限公司

發 行 人　高小娟

聯絡地址　235 新北市中和區中安街七二號十三樓

　　　　　電話：02-2923-1455／傳真：02-2923-1452

網　　址　http://www.huamulan.tw 信箱 hml810518@gmail.com

印　　刷　普羅文化出版廣告事業

初　　版　2019 年 9 月

全書字數　699755 字

定　　價　十七編 18 冊（精裝）　台幣 56,000 元

白語漢源詞之層次分析研究
（第一冊）

周晏箋　著

作者簡介

周晏箋，國立臺灣師範大學國文博士，目前擔任中國科技大學及德明財經科技大學通識教育中心大一國文講師。研究專長主要為傳統小學之語音學、文字學、語料庫運用設計、語義學、語法學、詞彙學；由傳統中文領域發展而出的華語文教學、桌遊教學，及古典小說、劇本創作、語言風格學等方面，研究兼具傳統與現代並包羅古今，近期研究佛學理論，樂於吸收新學識以充實學養，以朝向「通才」為學術及教學己任。

提　要

　　語音基礎建立在詞彙結構上，脫離詞彙，語音便遺失其作用。本文從詞彙展開研究，建立在內源自然音變，與外源對音變現象重建層次演變規律的基礎上，統整歷時與共時的泛時觀點，解釋滯古—上古時期至近現代時期的語音縱向演變過程，及漢語的橫向滲透機制。主要分為七章，以史觀角度分析白語漢源詞之歷史層次語音演變，各章內容簡述如下：

　　第一章〈緒論〉闡述研究動機與目的、研究方法和材料、歷來針對白語懸而未解的問題、反思修正及論文整體架構說明。以前人未著重區辨聚焦的白語漢源關係詞彙入手，並兼融藏緬彝親族源為輔，從歷史比較和層次分析、內部分析和系統歸納、語音—語義深層對應及方言比較和內部擬測的角度，全面分析白語，起源於彝語、接觸於漢語後的古今語音、語義演變現象。

　　第二章〈白族與白語——史地分析及音韻概述〉，藉由歷史發展梳理白族與各親族語之間的遷徙和語言接觸關係，才能明確白語後續在各歷史階層的詞彙自源和本源、借源和異源及同源現象；從現代語音學的角度，將白語視為有機語言整體，統整歸納內部三語源區的語音特徵，分析其音節結構、音位系統、合璧詞彙組合現象及相關音變概況。

　　第三章和第四章從白語「詞源層次及發音方法」、「發音部位的制約鏈動」下的親源屬性，展開聲母「滯古本源—存古與近代在漢源、漢源歸化、借源之交會過渡—現代借源」之層次音變探討，例如特殊的擦音送氣、小舌音、分音詞之複輔音遺留及端組與舌齒音之源流等現象，可謂保有藏彝底層及漢語多重影響所致。

　　第五章〈白語韻母層次分析及演變〉，白語韻母依循元音鏈移原則，展開陰聲韻「果／假攝→遇攝→蟹攝→流攝→效攝」之演變；受到明清民家語西南官話時期，本悟《韻略易通》之「韻略」而後「易通」原則，將陽聲和入聲韻尾併合，呈現「高化前元音〔-i-〕：深攝→臻攝→曾／梗攝」和「〔-a-〕之果假攝路線：咸山攝→通攝→宕／江攝」，使得陽聲韻「重某韻」、陰陽對轉及元音鼻化等現象甚為顯著；特殊止攝小稱 Z 變韻亦屬韻母層次的特殊現象。

　　第六章〈白語聲調層次之裂動對應〉，從滯古層的擦音送氣聲母及鬆緊元音，透過藏緬彝親族語的對應，先確立白語滯古聲調層，及已然混入漢語借詞聲調現象的各混血調值層，此外，同樣也就白語反應的自由連讀變調、條件連讀變調和去聲變調之構詞與價等相關語流音變現象進行解析。

　　第七章〈結論〉，總結全文研究成果，透過白語層次演變呈現的特殊語音現象，給予公允的定論，並述說未來研究展望和後續發展。

白語調查語區地理位置分布圖概況

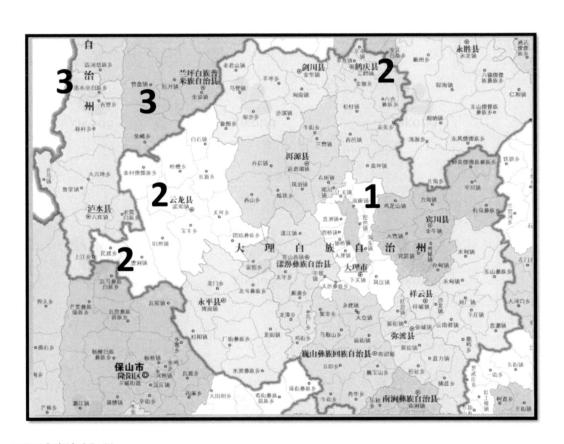

圖示標號說明：

標號1：此區為調查語區之南部洱海挖色、西窯、上關、鳳儀四周語區。與本區相關的語
　　　源點，主要有喜洲、灣橋、鳳羽，而鳳羽即屬於洱源一帶，其位居白語北、中、
　　　南三方言語區之中間過渡帶，但因其地理位置之因，語音朝向南部語區合流。

標號2：此區為調查語區之中部鶴慶辛屯、康福；中部雲龍諾鄧和漕澗。與本區相關的語
　　　源點，主要有金墩、檢漕、白石。辛屯語區和甸南鎮語區相對，呈現出「甸北」
　　　和「甸南」的語音差異。

標號3：此區為調查語區之北部瀘水洛本卓、藍坪共興和藍坪營盤。

附圖目次

第一章　緒　論

　　白語（Bai）是漢藏語系中具有複雜語源結構的一支，內部語區呈現過渡疊壓帶的語音特徵。藉由地理語言學角度分析，白語有「大雜居小聚居」，以自然村落爲單位「聚族而居」的特徵，然而這種地理區域表現，即是形成「隔步不同音」的多元語音現象基礎。

　　白族自成族以來，便以現今隸屬雲南大理白族自治州轄屬爲主要世居地，具有族群複雜且方言多元化現象，總計有漢族、白族、彝族、回族、傈僳族、苗族、納西族、壯族、藏族、布朗族、拉祜族、阿昌族、傣族等 13 個世居民族和 47 個大小分支方言點，基本分爲北部、中部和南部三大主方言語源區，各自又下轄二條次土方言語源區，各次土方言語源區內，又包含諸多方言略有差異的鄉鎮語源區。白族之所以產生複雜的族源和語源，與其自部落時期和信史時期肇始的四次重大接觸融合有關；換言之，白族較之其他少數民族方言更顯旁雜之因，主要歸結於白族和周圍藏緬彝親族和漢族密切的接觸關係，也因爲如此，使得白語在區辨語源的來源屬性、歷史層次分層及其各層內的語音演變，由此連帶的歷史公案——系屬定位論等研究議題，對語言語源學、音系學及外源競爭干擾所引起的鏈動效益，對於體現白語語音史和補充漢語史之疏漏而言，皆有特殊意義。

　　文化意義與考古意義的族源探究，往往是史地學界及語音學界熱烈開拓的議題。白族在南詔大理未整合統治之前，其內部活動民族以古羌人、古越語族

人及漢族人爲主，至南詔大理政權成立以洱海爲統治中心後，白族亦逐漸形成。雖然在歷史淵源上，白族先民不可否認具備羌人和僰人血源，又因周圍地理環境之故，受有藏緬彝語、壯侗語、孟高棉語，及當時雲南當地的漢越語影響，除此之外，白族社會風俗的密宗信仰，使得宗教方言，例如：梵語和巴利語，對當時稱爲白蠻語的白語較之烏蠻語，產生相當程度的調合。然而，這些語言的接觸影響，最終仍不敵漢語強勢滲透，在白語自身的語音系統尚未確立的前提下，漢語逐步接觸干擾原白語底層結構的結果，便是透過詞彙擴散引發語音擴散，加速改易白語詞彙語音系統內的滯古－上古固有層語音面貌，就整體音義而言，產生相當的侵蝕性。

造就白語複雜的詞彙語音結構之成因，與其多元的民族移殖接觸有關，民族文化的交流需透過語言文字傳遞，如此便產生「語言接觸」現象。所謂「語言接觸」，主要是指不同語言統一爲一種語言所形成的語言排擠和替代的語言現象，屬於語言相互影響或相互關係的過程，包含不同民族語言的相互接觸，同樣也包含同一民族語言的不同變體的相互接觸。﹝註1﹞根據此種現象分析漢語和周邊民族語間的關係可知，漢語做爲強勢語言，對於少數民族語言的接觸融合甚或排擠替代未曾間斷，白族母源語白語亦不例外。

白語自信史時期肇始，即與包含漢語在內的周圍親族語不斷地接觸調合，然而，以南詔大理統一白族做爲分界點，於此之前，白語和漢語的接觸屬於自願融合，自白族形成後，白語與漢語的接觸便成爲強勢融合的既定政策。白族千百年來深受漢語主、被動的接觸影響，逐漸形成「文讀漢語音讀」及「白讀：白漢兼用」的類雙語模式；然而，透過調查發現，雲南大理白族自治洲的白語區，仍然保有「文讀漢語音讀」及「白讀：以白語母語音讀」爲主、漢語爲第二外語爲輔的文白異讀雙語現象，愈偏屬白語北部語源區或語源區位居交界過

﹝註1﹞「語言接觸」在 20 世紀 50 年代以前，語言學家們將其稱之爲「語言混合」或「語言融合」，其中關於「融合」的概念，亦借自生物學「雜交或交配」的觀點。「語言接觸」廣義表示人們在社會語言的活動過程中，直接或間接使用語言進行的相互接觸行爲，更可以用來表示文化的接觸。總結而論，「語言接觸」即泛指使用兩種或多種不同語言或語言變體的個人、群體，在直接或間接的接觸過程中，因某些內外因素，產生各種語言使用現象，甚或語言使用現象之結果產生變化的特殊情形。張興權：《接觸語言學》（北京：商務印書館，2013 年），頁 1～6。

渡地者，保有文讀漢語音讀及白讀白語母語音讀的「白讀白語－漢語文讀」的語音現象愈加顯著，[註2] 這類的語音現象也體現在白語鼻化音部分，以鼻化表示白讀、非鼻化表示文讀；針對白語內部詞彙的漢源程度而論，詞彙系統約莫50%音義完全與漢語相同，甚至有學者將比例擴展至 80%，並認為連同基本核心詞都已純然漢化，且難以區分滯古固有底層詞。

甚為矛盾的是，若歷來白語滯古固有層詞彙皆已全然漢源化的說法為是，那白語區的雙語現象該如何解釋？若已全數漢源化，又有何研究價值？口語和詞彙的演變居然呈現不平衡的情形？漢源現象是一次全面改制，還是經由歷史階段分次借貸融合而成？既然如此，其內部詞彙語音特徵，又為何非屬於「單純漢語型」而是呈現「雜合型」，並有其他親族語源的語音現象？既已全然漢源化，又為何白語在語音－語義的對應規律上與漢語仍同中有異？又為何在系屬定位上，至今仍然眾說紛紜莫衷一是之疑？且為爭論系屬定位而研究，視野為免過於侷限。

這些在白語研究史上依舊留存的盲點，便是歷來研究者，忽略從白語詞源屬性和歷史接觸影響的前提入手研究，詞源定義區辨不明確、層次演變理論未確實運用、忽視 Swadesh 核心詞是否因層次疊置而混入借／異源成分，甚至從核心程度深淺為詞分階、針對歷史語言學及歷史比較語言學理論，和二者所屬之歷史比較法、歷史層次分析法、內部分析法及語音－語義深層對應等方法未詳盡運用所致，更是忽略白語語音系統內具有雙重語音層次現象的特徵。

針對前人看似豐富且研究似有定見，但進一步抽絲剝繭後，需討論解決的問題仍舊存在的基礎上，筆者綜合白語研究概況，結合「白語」、「詞源」特別定調以漢源為主且親族語源為輔，在「歷史層次分析」的基礎上，結合

〔註2〕本文此處說明借用「文白異讀」詞彙條目解釋白語區的語言現象。白語區的書面音讀之「文」，主要採用的語言屬於漢語音讀；白語區之口語音讀之「白」，主要採用的語言屬於白語音讀，但受到漢語深化影響，書面與口語皆有逐漸漢語化趨勢。因此，文中所謂的「白白漢文」即指白讀口語音讀為白語，其文讀書面音讀為漢語的語音夾雜現象；透過調查發現，白語區目前針對白語口語音讀亦逐漸漢語化的現象，在學校教育方面，推動如同華語教學的模式，將自身白語母語視為第二外語在課室內教學，形成「漢語為母語、白語為第二外語」的特殊教學模式，這也是有關當局為保存母語文化被漢語同化的救援方案。

以《白語漢源詞之層次分析研究》為題，從共時和歷時的角度，將白語視為有機語言整體，將語言接觸帶動的歷史層次語音演變現象，詳盡解析以闡明白語和漢語，及其親族語在語音史上的接觸融合過程與價值。本章共分「研究動機與目的」、「文獻回顧與探討」、「研究方法與語料來源」、「理論基礎與反思修正」、「論文章節安排」等五節，討論如下。

第一節　研究動機與目的

「研究動機與目的」屬於研究前，先確立問題意識的核心價值，使得漫無章法的問題點得以聚焦，讓研究更顯有條不紊，以達預期研究成效。關於《白語漢源詞之層次分析研究》的研究動機與目的，分為以下三點表述。

壹、選題的核心價值

從小聽聞父執輩話說抗戰時的顛沛流離，如何在雲貴邊垂地帶開墾、開鑿道路，在此過程中與當地人交流逃難等過往，原本對於這些口述歷史本無興趣，但隨著祖執輩逐漸凋零，自己求學過程也吸收學習相關的歷史知識後，藉由跟隨父母前往父執輩口中的第二故鄉尋根，接觸到雲南風土民情，回憶從前聽聞的相關歷史，便興起研究的想法；在數次尋訪的過程中，因研究領域，對於當地出版的語言方言學專書甚感興趣，機緣巧合探尋到雲南當地出版的諸多縣志、文書詞典及關於少數民族的文史類專書，特別是關於白語族方面的書籍，較之雲南省區內其他少數民族的專書而言，其佔有相當份量；除了《白漢詞典》、《白語簡志》及部分學者，例如：趙寅松、汪鋒、楊立權、袁明軍等人的研究專書報告外，許多更是臺灣圖書館查尋未果，甚至是未能出版的當地簡志，有幸能窺知一二，讓研究的想法更加堅定，回臺後便著手確立研究問題點、規劃研究計畫，和查尋相關研究資料。

確立研究想法後，首先便是要確定研究的主題，和針對主題所要解決的問題核心。透過閱讀在當地探訪所獲的相關書籍後發現，關於白語族的調查研究和前人論述亦不在少數，但仔細閱讀後，卻認為前人論述始終缺乏立論核心，雖有理論卻淪為空談，特別是關於白語的詞彙來源及其歷史層次概念的運用、以系屬定位為出發點的研究前提、從共時而忽略歷時的單點語音現象探討等，都是未能從宏觀視野的角度展開探討；也因為有這些看似解決卻

懸而未解的疑慮，便選定以「白語」做為研究的主要對象。

　　進一步探查相關資料發現，「白語」的主要使用者「白族」，在成族的歷史過程中，有著相當複雜的族群接觸，這種族群接觸連帶也影響白族的語言詞彙、文化表徵及文學發展，由此可知，複雜的族群起源影響白族與周圍語族間的接觸，透過接觸，彼此間的傳輸和接收隨即展開，這種接觸調合，對於語言和詞彙的影響，不容輕忽其重要性，根據相關資料顯示出的研究結果，以白語為研究對象，並採用接觸為理論、語言和詞彙研究素材者，仍然有諸多盲點未詳加釐清，例如：詞彙屬性定義未明、接觸產生的層次分層不確實等，都是有待更進一步解釋說明的部分。

　　從白語入手，聚焦白語特殊的詞彙（包含字本源和詞本源）語音系統，從其複雜的族群接觸歷史脈絡，再次聚焦於「接觸」的過程，特別是各歷史時期的不同「接觸」，伴隨的都是一次次的滲透融合與競爭干擾，這種接觸的過程，影響甚巨者便是語言詞彙，結合歷史時期而論，便形成層層的歷史演變層次。因此，歷史比較及歷史層次分析，是探討白語與漢語，及藏緬親族語透過對音材料進行語音對應時的核心理論。筆者在眾多少數民族方言內，選定「白語」做為研究材料，是因為在歸納白族歷史發展資料，和相關書面和口語語料的過程中發現，白語雖然已有百年的研究歷史，現有的研究基礎及少數民族語言保存之調查報告頗有份量，詳細閱讀卻愈加不踏實，看似豐富的研究成果後，仍然存在諸多研究盲點，是歷來白語研究者所注意而未多加談論，或談論不確實、有談論卻含糊不清，或僅描述而未解釋明確的部分，這些問題亦是筆者選定「白語」做為研究語言的相關研究動機。

　　承如本文前言開宗明義所論，前人看似豐富且研究似有定見，但進一步抽絲剝繭後，需討論解決的問題仍舊存在的研究前題下，本文確立主要研究內容以白語為主、透過接觸不僅影響語音詞彙系統的來源，也影響語音詞彙在歷史層面上的層層發展、重新歸整，這也是本文研究的問題意識——白語、詞彙、歷史層次，由此展開由淺入深的全方位探討。

貳、懸而未解的疑慮

　　白語單純之「源」，受到語言接觸影響而日益複雜化，因此，研究白語的次要動機，便是要從「源」入手，為白語紛雜的「源」條分縷析綱舉目張。

歸納歷來白語研究懸而未解的盲點，主要有四點原因有待詳盡表述：

（一）白族族源起源疑慮

白族族源起源疑慮，主要牽動內部結構的異源接觸和自源發展。白族正式成立於南詔大理統一雲南時，於此前期的白族族源起源，始終異說紛紜，如此一來，定位不明的族源起源，不僅牽動白語語言異源接觸融合和自源整體發展規律，間接也使得白語系屬定位問題始終成為其語源溯源之隱憂，而此族源問題及其所延伸的語言形態發展規律和系屬定位問題，也是後續三項問題之引點。

（二）詞源屬性定義模糊

白語紛雜且定義模糊的詞源屬性，主要依循：「本族語－兼融本族語和語言接觸而成的民族語－本族語和民族語並用之雙語現象－語言轉碼活用」途徑發展。

歷來研究對白語內部詞源屬性，皆未能先確立並定義來源，因此便無法立足於客觀立場探討，籠統界定白語內部詞彙屬性全然歸屬於漢語借詞，以Swadesh 核心詞分析，輕忽此核心詞是屬於白語自身的本源核心詞，還是以立足於漢語立場的漢源核心詞來分析白語？核心詞屬於語言的本源即自源結構，從白語特殊的接觸歷史可知，漢源成分已然浸入最底層的本源結構內，以致於底層基本核心詞是否純粹無異質成分？白語與藏緬彝親族語及其他語族的接觸融合成分，在研究過程中是否能確實排除不論？值得懷疑的是，白族所在的雲南省境內少數民族甚多，隸屬於兼具本族語和民族語雙語屬性的白語，與周邊民族的語言接觸現象甚為複雜，為何獨獨僅接受漢官話的融合，而將其他親族語的語音現象化石化？這些問題的產生，皆是忽視白語詞源發展途徑所致。

此外，根據階曲線詞階法所論：「高階詞的成員比低階詞的成員穩定且不易被借用，共同原始語中的同源成分，更多保留在高階詞內，而借用成分更容易侵入低階詞內。」〔註3〕這種說法看似合理，也符合語言接觸現象，但實際依據語言詞彙系統的狀況而論，卻是充滿矛盾，原因在於高低階詞的釋義是以今義還是古義而定？特別是白語的詞彙，主要以古本義為釋義根本並影

〔註3〕汪鋒、王士元：〈基本詞彙與語言演變〉《語言學論叢》第33卷（2006年），頁340～358。

響語音發展，今義受漢語影響而借入融合，有時亦無法與實際語音相符而產生類似類隔的語音現象，如此該如何區辨高低階？白語層層疊置的語言特色，如何判定借用的低階詞就誠然非核心高階？高階詞內的同源成分就一定屬於核心高階？依據白語實際的詞彙語音結構而論，此法的運用應謹慎爲之。

（三）歷史層次逐層疊置

語言學研究和地理語言學之關係實密不可分。白語經由民族間的接觸，帶來豐富的語言文化資產，相互融合借入本族語中未有之詞彙，並與核心本源詞語音並存於語音系統內，更促使屬於詞彙系統內的主體單音節詞，透過語義接近、類似、反對和因果的引申假借，與語義擴大、縮小、轉移等定律誘使的語音擴散、同源詞根的詞族概念等方式，將單音節詞雙音節化，賦予相同音節結構更多重的語義特徵，形成「一音多義」的語義層次疊置現象，不僅如此，白語詞彙結構內亦有同義但不同語區有不同的音節結構，特別是透過韻母的演變，體現吸收自漢語「異體字」的特色，與「一音多義」的古今字達到「以不造字爲造字」的運用原則。

白語詞彙系統內仍保有漢語內已不得見的存古詞彙，與歷來融入的漢源詞彙相互依存於詞彙系統內。既然白語詞彙仍保有漢語早已淘汰的語言詞素，如此又何來全面漢化之說？而這些早被現代漢語所取代的冷僻詞彙及古華夏語詞彙，爲何仍在現代白語內保存使用？又源於何時？這些問題在研究白語詞彙語音的歷史層次演變時，都具有相當的研究價值。

（四）音義系統對應比較

白語研究學者例如：吳安其、Lee & Sagart、鄭張尚芳及汪鋒等人，雖有注意到詞彙層次分析的重要性，但實際研究卻未能如實將詞彙屬性定義分明，連帶針對歷史分層的概念亦未確實採用；此外，學者們在區辨同源和借／異源時，雖然分析出諸多條例，爲何以白語做爲研究時，卻無法如同水語或苗瑤語般，確切採用區辨條例解析詞彙屬性、借／異源詞彙的歷史層次、同源內的雜質性及其音類的主體層次和非主層次？此外，在分析詞源方面，學者們關注內部比較的語音對應從而忽略語義對應，甚至是語義對應所引申表示的認知隱喻義、或從階曲線詞階法爲詞定義核心與否的階層數，以取代語音－語義對應法的運用、重視描寫但解釋不清，或未顧及「歷史」的討論

而語區選擇單一化等因素，都讓白語研究主觀且窒礙難行。

　　針對上述問題，本文將從白族整體起源的歷史概況說明，以現代語音學的角度，採宏觀立場將白語北、中、南三語源區內部的聲母、韻母及聲調的語音系統統整歸納；從歷時演變著手，設定白語內部三語源區內的次方言語源點，「以語音對應規律為主、語義深層對應規律為輔」進行音韻系統檢核，在「本族語－兼融本族語和語言接觸而成的民族語－本族語和民族語並用之雙語現象－語言轉碼活用」的層性分層架構下，區辨本／自源、借／異源和同源的詞彙屬性來源，並置於「滯古主體層－借體層－變體層」之移借與演變的歷史層次內；從白語混血詞源內，將研究材料聚焦於「漢源」的基礎之上，雖以「漢源」出發研究，仍不可偏廢滯古－主體層內其他親族語的語源影響；在詞彙「漢源」的研究部分，主要以借源為主，但源自於漢語音義全然相同之同源詞彙，在白語特殊的疊置現象前提上，承然無法完全排除討論，及音義類同之異源詞彙，並將異源再次定義為漢語借詞、同源為同源關係詞，其次再區分出借自或同源於藏緬親族語或彝語成分的語料，進一步確認白語各歷史層次的借詞語音對應規律，並利用這些規律先行將其排除，再從中尋求關係詞的同源對應規律及核心基本固有詞，即白語本源滯古底層詞，藉以完整解析白語整體音韻演變現象；最後，釐清白語內部的擴散式音變及疊置式音變的影響〔註4〕、語音系統層面的字本位和詞本位現象，與語言底層干擾及語言假借情形。

　　由此，本文研究認為白語整體詞彙結構，除了底層本源詞和同源詞外，針對來源於漢語的借詞，主要是透過「以義領音」的音譯或直接音譯漢語語音或詞彙古本義而來，亦有借入後之音讀表現是配合本身的語音系統或以語音系統的本有的音節結構表示，雖然白語詞彙語音系統吸收豐富的漢語借詞音義，仍不能武斷認定其歸屬或源自於何語言，這是因為白語詞彙來源複雜，同一詞彙亦有雙重來源及雙重層次之故。

〔註4〕「擴散式音變」及「疊置式音變」與「字本位」理論，參見王洪君：〈語言的層面與『字本位』的不同層面〉《語言教學與研究》第 3 期（2008 年），頁 1～11、〈層次與斷階——疊置式音變與擴散式音變的交叉與區別〉，《中國語文》第 2 期，頁 314～320，陳忠敏：〈語言的底層理論與理論分析法〉，《語言科學》第 6 卷第 6 期（2007 年），頁 44～53。

參、研究的重要意義

綜合上述兩部分，針對本文選題的研究意義總結爲以下四點：

（一）探討白漢同源關係的意義

白語和漢語屬於接觸關係亦不可忽略其同源關係，透過研究設定的問題意識——來源於漢語的借異源詞，便是證明白語和漢語兼具接觸和同源關係的重要入口。透過研究的語言材料進行粗略分析可知，同源和借異源實爲一體兩面，確定同源的當下即否定了借異源，反之亦然；借異源詞的確定即是從反面的角度確認同源屬性，若無法透過語音－語義深層對應判讀的借異源詞，便可能是具有同源甚至是自本源詞。因此，本文研究即從正反面來研究白漢詞彙語音系統。

（二）研究白漢接觸關係的意義

藉由白漢關係詞內的同源和借異源詞的識別，才是判定民族語與漢語接觸融合的深淺程度，而此種判定需藉由層次理解。因此，層次的時代劃分即是針對接觸進行時代區辨，唯有藉由梳理各時代、各歷史層次內所借入融合的漢源借詞成分，才能完整呈現白族與漢族在各歷史時期的接觸程度。

（三）對白語史的研究意義

白語詞彙內部的借異源詞，除了漢源一脈外，另一脈便是借異源於藏緬彝親族語，藏緬彝親族語之借，影響白語北部和中部、南部語區，在音韻結構上的差異，例如：滯古小舌音讀、擦音送氣，受韻母介音[-i-]或聲母唇音內具的圓唇[-u-]音影響而產生的唇音舌面顎化現象，與舌面音再次受到二等[-i-]介音影響而朝向舌尖音顎化，漢語原居於韻圖一、四等位者，白語四等具足，特別是舌齒音端系字甚爲顯著，這是因爲端系字在白語內部是承載整體舌齒音產生的源流之因，相關內容皆在後續第三章至第五章，對白語聲、韻、調的層次演變部分詳細論述。

（四）對漢語史的研究意義

透過白語分音詞的語音現象，發現漢語上古時期留存的複輔音痕跡，白語語音系統內的「重某韻」和受到介音影響的「重紐」現象，進而使聲母產生顎化，甚至是回頭音變的去顎化演變的語音特徵等，對漢語研究皆有相當助益。

　　總論本文研究的動機與目的：區辨調查語料內白漢關係詞，分析其詞源屬性，並就語料反應出來的眞實語音概況，梳理相關歷史層次演變情形，及相應的音變現象，讓語料數據自身發言，從有機語言整體視野，以宏觀且客觀的角度確實分析白語整體語音面貌，將白語和漢語語音史相關音理內容完整勾勒。

第二節　文獻回顧與探討

　　白語相關的研究文獻，主要可以分成三點說明：原始白語歷史比較研究、白語系屬定位研究、白語音節結構研究。分別整理概述如下，最後並提出啓發本文持續深入研究的相關研究論著。

壹、原始白語歷史比較研究

　　針對上古原始白語的歷史比較研究，經由歸納後可以分爲兩部分說明：第一部分，主要是針對《蠻書》及文獻內所載詞條加以考釋，並旁及南詔大理時期白蠻／烏蠻語和明清時期的民家語進行探討；相關研究主要以單篇論文爲主，例如：段伶〈白文辨析〉[註5]、〈論「白文」〉[註6] 及〈試釋《蠻書》中「白蠻最正」一語〉[註7] 等三篇文章；汪鋒和楊海潮共同撰作〈《蠻書》中所記白蠻語的源流〉[註8]，及日本學者松本廣信和牧野巽在 50 年代[註9]，分別就民家語與白蠻語提出討論等文論。

　　第二部分，主要是在白族自信史時期以降，採用此時期所造的方塊白文所書寫的相關碑文及史冊典籍爲主。相關研究主要以歷史時期的專書爲主，例如：明代以前，採用白語方塊白文所書寫的白族文學典籍史書《白古通玄峰年運志》[註10]，全書藉由四川人楊升庵以漢文整理傳抄得已流傳；白族在

[註5] 段伶：〈白文辨析〉，《大理文化》第 5 期（1981 年）。

[註6] 段伶：〈論白文〉，《大理學院學報》第 1 期（2001 年）。。

[註7] 段伶：〈試釋《蠻書》中「白蠻最正」一語〉，《大理學院學報》第 7 期（2008 年）。

[註8] 汪鋒和楊海潮：〈《蠻書》中所記白蠻語的源流〉收錄於石鋒和彭剛主編：《大江東去：王士元教授八十歲賀壽文集》內（2013 年）。

[註9] 崔蓮：〈中國少數民族研究在日本〉，《西南民族學院學報（哲社版）》第 1 期（2003 年）。

[註10] 《白古通玄峰年運志》又別稱爲《白古通記》、《白古通》或《白史》。本書僅知

大理南詔時期，亦有源自於梵文的詞彙結構，此時佛教寫經文《護國司南抄》乃為現今流傳最大宗之古白語的文獻材料，本書以漢字為正文、方塊白文為批及附注；[註11] 甚為可惜的是，採用純白文書寫的古籍《西南列國志》及《白古通》皆已亡佚，否則對於原始白語的對應比較亦有相當助益；此外，關於原始白語的討論部分，還有將白族文字與日本早期歷史上出現過的「萬葉假名」相互對應比較，形式和使用上與近代的方塊白文略有近似，是否屬於原始白語的方塊白文字形影響日本早期的「萬葉假名」形式，仍有待進一步考查論證。

　　白語雖然以拼音做為詞彙結構的音讀表現，然而，「方塊白文」雖然不做為詞彙結構的音讀表現，但在白語語音史上仍有相當影響，因此提出概述說明。所謂「方塊白文」，即白族根據「漢字造字」原理增損改易後新創的「白字（白族文字）」，廣泛通行於民間，由於缺乏官方正式通行推廣使得流傳度有限，但此種新創的白字在民間卻藉由文人的文學創作記載，留存不少碑刻銘文、歷史著作、宗教祭文經書、民間藝人所寫之大本曲唱詞及文學作品等書面傳世文獻，這些詩詞歌賦的用韻現象，對於白語語音系統的韻讀層次演變具有關鍵性的影響。相關研究例如：石鐘健〈大理明代墓碑的歷史價值——大理訪碑錄〉[註12]、張增祺〈南詔、大理國時期的有字瓦——兼談白族歷史上有無「白文」的問題〉[註13]、趙衍蓀〈關於白文及白文的研究〉

其作於明代以前，確切的作者已不可考，目前收錄於王叔武所輯的《雲南古佚書鈔》內。王叔武輯著：《雲南古佚書鈔》（昆明：雲南人民出版社，1996 年）。

[註11] 《護國司南抄》經文為雲南僧人所編纂的漢傳佛教經典疏釋，整理者侯沖：〈護國司南抄〉，《藏外佛教文獻》，（2000 年第 1 期），頁 68～113。經文纂錄者為雲南大長和國內供奉僧、崇聖寺主、義學教主及賜紫沙門玄鑒。原書有疏釋五卷及〈校勘錄〉一卷。玄鑒纂錄該文獻的時間，主要為雲南大長和國安國六年（公元 908 年），現今存本為大理國保安八年（公元 1052 年）釋道常抄寫疏釋一卷。然而，本經文雖然以漢字為正文、方塊白文為批及附注，但其缺點為，現存版本採用行草乃至略書寫就，且有不少字為抄者自造，頗不易識讀，形成判讀上的困擾。

[註12] 石鐘健：〈大理明代墓碑的歷史價值——大理訪碑錄〉，《中南民族學院學報》第 2 期（1993 年）。

[註13] 張增祺：〈南詔、大理國時期的有字瓦——兼談白族歷史上有無「白文」的問題〉，《文物》第 7 期（1986 年）。

〔註 14〕，及李紹尼〈有關白族文字的幾個問題〉等相關篇章〔註 15〕，皆是針對白族是否具有屬於自己的民族文字——白文的相關議題進行探討，綜合各家所持論點分爲二派：其一白文派，說明白語受漢語影響，採用漢語書寫並表意記音，其二無白派，說明白族自始自終皆沒有採用方塊白文進行書寫。

隨著時代演進，白族在歷史上是否具有文字的紛擾，已被「方塊白文」取代，未有過多改易的部分，即是白文主要的功能皆不離「記義」和「表意」一途。「方塊白文」現今已然成爲中國少數民族的文字之一，亦爲白族目前仍在使用的文字，發展過程分爲官方正體和民間俗體兩類，筆者將其統整歸納如下圖1-2-1 所示：

圖 1-2-1　白語族「方塊白文」發展現象〔註 16〕

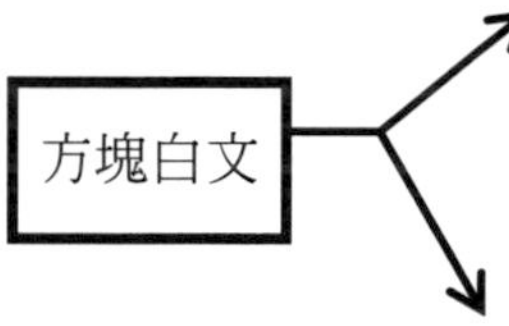

方塊白文

官方正體：借用漢字未增損改易

民間俗體：借用漢字增損改易

1. 假借漢字：白文

假借乃只借其音不借其字義。然而，白語族假借漢字，除了利用現成漢字來記音外，亦有借用漢字義者，形成漢字義與白文本義並存的同義字現象。其借用方式有：音讀（圈白點漢，使用漢字形音釋白語）、訓讀（點漢不點白，使用漢字形音讀白語）、音義全借、借詞、借形（純借漢字形音義，但讀白族所讀之漢語音），及直接使用漢語借詞等六種。

2. 自造新字：白字

在漢字的筆順筆畫架構上進行增損改易，並重組漢字偏旁自造稱爲白字的新體字。其自造方式有：

①漢字仿造：形符與聲符結合之形聲字、形聲字內聲符兼義之形聲兼會意字（音義合體字）、形符與形符結合之會意字（意義合體字），借用漢字造字理論，就漢字及其偏旁重構而成，此種新造字爲白語文字之大宗。

②漢字變體：包括省略部件、增減漢字筆畫和添加無義偏旁。

〔註 14〕趙衍蓀：〈關於白文及白文的研究〉，《大理文化》第 1 期（1982 年）。

〔註 15〕李紹尼：〈有關白族文字的幾個問題〉，《大理文化》第 4 期（1981 年）。

〔註 16〕關於圖 1-2-1「白語族「方塊白文」發展現象過程說明」，由筆者依據《白族文字方案》及調查結果重新整理製表而成；接續呈現的圖 1-2-2「白語族之白族文字與漢語接觸演變階段」，其依據來源於此相同，筆者並配合白語族之歷史發展源流加以製表說明。

在圖 1-2-1 的基礎上，進一步針對白語老白文與新白文的方塊文字部分〔註17〕，扼要論述其發展流程，如下圖 1-2-2 所示：

圖 1-2-2　白語族之白族文字與漢語接觸演變階段

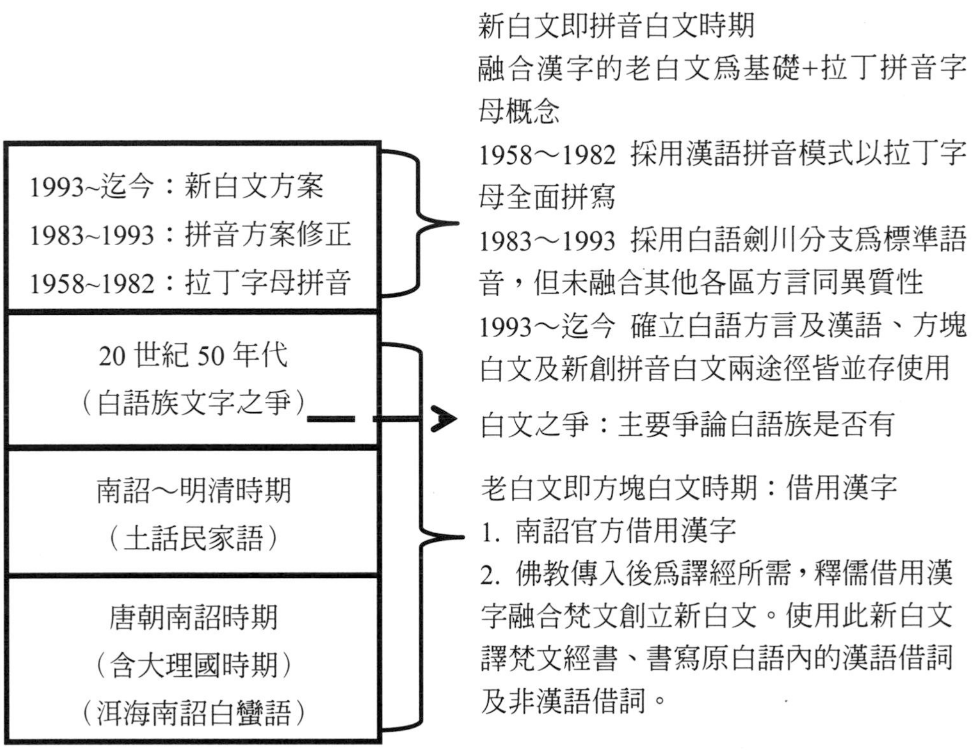

新白文即拼音白文時期
融合漢字的老白文為基礎+拉丁拼音字母概念

1993~迄今：新白文方案 1983~1993：拼音方案修正 1958~1982：拉丁字母拼音	1958～1982 採用漢語拼音模式以拉丁字母全面拼寫 1983～1993 採用白語劍川分支為標準語音，但未融合其他各區方言同異質性 1993～迄今 確立白語方言及漢語、方塊白文及新創拼音白文兩途徑皆並存使用
20 世紀 50 年代 （白語族文字之爭）	白文之爭：主要爭論白語族是否有
南詔～明清時期 （土話民家語）	老白文即方塊白文時期：借用漢字 1. 南詔官方借用漢字 2. 佛教傳入後為譯經所需，釋儒借用漢字融合梵文創立新白文。使用此新白文譯梵文經書、書寫原白語內的漢語借詞及非漢語借詞。
唐朝南詔時期 （含大理國時期） （洱海南詔白蠻語）	

由演變圖說可知，現代已融合本族語和民族語特徵的白語方言、白語內部所調合使用的漢語方言；屬白族拼寫文字的方塊白文和以拼音為主的新拼音白文，是主要使用的兩種拼寫專案，而在白語詞彙音韻系統的調查方面，仍然以傳統的音節結構拼寫為基礎。

貳、白語系屬定位各家之說

關於白語的系屬定位研究，歷來便是學者們首重的白語研究重點，相關白語系屬定位研究，筆者依據語族定論，進而整理為以下六點，精要說明各派之重點及相關持論學者，並於六點說明後提出自己的研究看法〔註18〕：

〔註17〕關於白族文字方案方面，日籍學者甲斐勝二有文章加以說明。，〔日〕甲斐勝二著、韋海英譯：〈關於白族文字方案〉《大理師專學報》第 2 期（1997 年），頁 59～65。

〔註18〕關於白語系屬定位研究部分，其相關研究篇章諸如：周祜：〈從白族語言文字、風俗習慣看漢白民族的融合〉，《下關師專學報》第 1 期（1982 年）、趙衍蓀：〈白語

（一）南亞孟高棉語族說：

提出者及時間點爲 1887 年法籍學者 Terrien de Lacouperie，其不僅開啓白語研究源頭，也提出白語混雜性的語源特徵。針對此說，筆者認同 Terrien de Lacouperie 指出白語混雜性語源特徵之說，但其認爲白語屬於南亞孟高棉語族的系屬定位論，就實際語源所反應的實際狀況可證，此說並不足以採信；此論的支持者爲英籍學者戴維斯（H・R・Daivies）。

（二）澳泰語系說：

提出者爲美籍學者白保羅（Paul King Benedict，又譯爲金恩・本尼迪克特）。同於南亞孟高棉語族說，受限於語源材料及其西方語言學的認知觀點而提出澳泰語系說，就實際語源所反應的實際狀況可證，此說並不足以採信。

（三）漢藏語系藏緬語族彝語支系說：

提出者爲羅常培、李方桂、聞宥、徐琳／趙衍蓀、孫宏開、吳安其、楊立權等學者，當中聞宥主張白語族之系屬爲漢藏語系藏緬語族未說歸屬任何支脈。不同於以往西方學者的研究，東方學者以白語語源所呈現的語音現象進行研究並提出其屬於彝語支脈的說法，然而，筆者認爲，此說僅注意到白語滯古語音層與藏緬彝親族語間的關係，但忽略了整體歷史脈絡中漢語對白語的深化影響。

（四）漢藏語系藏緬語族白語支系說：

提出者爲王士元、楊品亮、楊應新、戴慶夏、美籍學者馬提索夫（James Matisoff）等學者。筆者研究認爲，此說已然注意到白語混雜的語源特徵，將其獨立爲單獨語支著實能避免顧此漢語現象而失彼彝語特色的缺失，然而，憂心此說者即認爲語支下需具備諸多語言亦能強大其語支的整體性，但若將

系屬問題〉《民族語文研究文集》（青海：青海民族出版社，1982 年）、徐琳和趙衍蓀：《白語簡志》（北京：民族出版社，1984 年）、楊品亮：〈關於白語系屬的探討〉，《中央民族學院學報》第 6 期（1989 年）、汪鋒：《語言接觸與語言比較──以白語爲例》（北京：商務印書館，2012 年）、吳安其：〈白語的語音和歸屬〉，《民族語文》第 4 期（2009 年）、張藩雄：〈白語近十年研究述評〉，《大理學院學報》第 11卷第 11 期（2012 年）、陳碧笙：〈試論白族源于南詔〉《廈門大學學報》第 9 期（1956年）等文論。

白語獨立爲白語支，其下轄僅白語，而其內部又具有漢語和彝語的語音特色相互角力，其本源特色又已不明確，使得白語支脈說亦存有討論空間。

（五）漢藏語系藏緬語族語言但語支未定說：

提出者爲趙寅松、王鋒、杜冠名和趙黎嫻等學者。他們將白語定位爲語支未定範圍內，是認爲白語系屬混淆不清的原因是因爲無法確立其在漢藏語系內的語族定位，也就是若身爲語支其下轄的語言不足以架構其成爲一方語支之故；此外，於此同時另有趙式銘、張海秋及俄羅斯籍學者 S.斯坦羅斯汀等人卻認爲，應當將白語置於白語內部三方言土語之劍川分支下，根據筆者研究顯示，認爲此說更加桎礙白語整體詞彙語音系統的發展，劍川方言實爲白語內部的語源代表，即便是劍川，其內部不同的地域所代表的語音結構仍有所不同，如何能以劍川爲代表而以狹含廣，將白語置於內部土語分支之下？此說不足以探信。

（六）其他說法：

鄭張尚芳認爲白語應屬於漢白語族之獨立分支；李澡、李紹尼、陳康等學者認爲應將白語歸入混合語族；羅常培、徐嘉瑞和高光宇等學者，並從近現代時期之白語明清民家語時期的語音現象，提出應將白語歸入混合語族之說，與混合語族不同之處是此派特別強調民家語時期的語音現象。

針對上述六點的白語系屬定位說法，筆者認爲鄭張尚芳之說應再廣納彝語的影響，且未細究詞源屬性和白語複雜疊置的層次現象的前提下，其說仍有待考證。因此，筆者研究分析各家說法，改正缺失之處，從白語特殊的詞源（包含字本源和詞本源）屬性入手，從歷史層次的角度，以白漢、白彝爲主、白藏及與其他親族語間的語言接觸關係爲輔展開探究，定調爲「漢白彝語族」之獨立分支實爲正確，更確切而論，筆者認爲應當定爲：「漢藏語系『漢－白－彝語族』之『混合語系白語支』」系統。白語滯古語音現象實際屬於彝語支系統，特別是詞彙本古義、擦音送氣及其所代表的滯古調值層的語音現象，若僅以漢白語族而論，那白語滯古語音現象所對應出的語音規律又該如何解釋？白語內部的語音現象實混合諸多語族語音呈現多元語貌，單獨標舉民家語時期爲系屬定位之說，就如同以劍川土語分支爲定論般過於偏狹。

歷來研究白語音讀現象，主要目的不外乎是以解決白語懸而未解的系屬定

位確立，白語到底屬於漢藏語系藏緬語族內的漢語支或彝語支，至今仍是熱議不休的問題，但本文研究不針對此問題進行闡發，歸究二點原因：

1. 系屬問題定論實為歷史公案：

白語隔步不同音的語音特性，造就內部三大語源區及下轄語源點各有差異的語音現象，如何能未在歷史的原則下，就單憑數個語源點便予以定位系屬？再者，白語語音系統內雖然受到漢語接觸的深化融合，經由調查發現，從語源區所反映的語言可知，白語聲母具有滯古小舌音讀、與漢語甚有差異的擦音送氣、擦音游離、與韻圖不合的舌音演變現象、元音鬆緊及非陽聲韻的自體鼻化及隨之而成的陰陽對轉、透過聲母和韻母牽動的聲調類型等語音現象，皆是與漢語在同中突顯差異的重要部分，可想而知，排除漢語外的藏緬彝親族語，特別是彝語的影響及周圍親族語，雖然其語音現象在漢語強勢的影響下已逐漸弱化，但在白語語音史上仍有相當影響力，亦存在於白語語音系統滯古底層內，豈可略而不視？

2. 系屬問題與「源」息息相關：

在白語隔步不同音的語音特殊性影響下，隨著搜集的語料來自不同的語區，對於白語系屬定位即有不同說法，針對白語系屬提出研究說明者彼彼皆是，難保並未將主觀預設立場先行確立，再就其立場搜尋相關語料進行分析論證，如此得出的系屬定位能信服於世？

筆者認為，研究白語最確實的途徑，必需透過白語詞彙所反應的白讀白語音、受官話影響的文讀漢語音或其他親族語影響的音讀現象，藉由字本源和詞本源反應的音韻結構進行音理對應，並梳理語義對白語音讀產生的影響，才能忠實體現白語語音史的相關語音演變概況。

參、白語音節結構綜合探究

研究主軸以單語言點之單一語音議題做為研究方向，相關研究篇章較為重要者，例如：李紹尼和奚興燦合著〈鶴慶白語的送氣擦音〉〔註19〕，說明送氣擦音與藏緬語族的藏語支語言有密切關係，反應出古白語和古藏語間存在親屬

〔註19〕李紹尼和奚興燦：〈鶴慶白語的送氣擦音〉《中央民族大學學報》第 2 期（1997年）。

語言性質的語源關係；汪鋒〈白語中送氣擦音的來源〉〔註20〕和楊曉霞《白語送氣擦音研究》〔註21〕等相關論著，主要討論白語滯古聲母擦音送氣的來源及其在漢藏語族內的異同演變模式；陳康〈白語促聲考〉，透過漢白語音的歷史比較、白彝語音的共時比較，來闡明白語聲調的混合特質〔註22〕；李紹尼和艾杰瑞，藉由電腦語音實驗對白語聲調進行分析的〈雲南劍川白語音質和音調類型：電腦語音實驗報告〉〔註23〕、李紹尼〈論白語的「聲門混合擠擦音」〉〔註24〕、李紹尼、艾杰瑞和艾思麟〈論彝語、白語的音質和勺會厭肌帶的關係：喉鏡案例研究〉〔註25〕等相關論著，主要是調查後再透過實驗語音學的角度證實，白語和漢語具有不同的語音特質，且白語和彝語支語言反而具有相近似的發音機制；段伶〈白語語音變化的構詞方式〉〔註26〕、汪鋒〈白語方言中特殊發聲類型的來源與演變〉〔註27〕、袁明軍〈原始白語韻母構擬〉〔註28〕、趙燕珍〈白語聲母 ɣ 的來源及其發展趨勢〉〔註29〕及趙彥婕〈白語四音格詞及其構成方式〉〔註30〕等相關論著，主要針對語法構詞部分進行討論。

　　其他關於詞語法方面的研究，例如：趙式銘在 20 世紀 20 年代寫成《白文考》〔註31〕，出白子無文字但屬漢語方音，然白語內部保留大量古漢語詞

〔註20〕 汪鋒：〈白語中送氣擦音的來源〉《民族語文》第 2 期（2006 年）。

〔註21〕 楊曉霞：《白語送氣擦音研究》（昆明：雲南師範大學碩士論文，2007 年）。

〔註22〕 陳康：〈白語促聲考〉《中央民族學院學報》第 5 期（1992 年）。

〔註23〕 李紹尼和艾杰瑞：〈雲南劍川白語音質和音調類型：電腦語音實驗報告〉《民族語文》第 3 期（2000 年）。

〔註24〕 李紹尼〈論白語的「聲門混合擠擦音」〉《民族語文》第 4 期（1992 年）。

〔註25〕 李紹尼、艾杰瑞和艾思麟〈論彝語、白語的音質和勺會厭肌帶的關係：喉鏡案例研究〉《民族語文》第 6 期（2000 年）。

〔註26〕 段伶：〈白語語音變化的構詞方式〉《大理大學學報》第 2 期（2002 年）。

〔註27〕 汪鋒：〈白語方言中特殊發聲類型的來源與演變〉《漢藏語學報》第 1 期（2004 年）。

〔註28〕 袁明軍：〈原始白語韻母構擬〉《南開語言學刊》第 0 期（2002 年）。

〔註29〕 趙燕珍：〈白語聲母ɣ的來源及其發展趨勢〉《大理民族文化研究叢刊》第 0 期（2006 年）。

〔註30〕 趙彥婕：〈白語四音格詞及其構成方式〉《貴州工程應用技術學院學報》第 3 期（2016 年）。

〔註31〕 趙式銘（又名趙韜父）：《白文考》（1949 年），收錄於《雲南史地輯要》和《新纂雲南通志·方言卷》內。

亦屬於漢方言類；30-50 年代張海秋、秦鳳翔和徐成俊〈劍屬語言在吾國語言學上的地位〉一文，亦繼承趙式銘觀點並加以闡述，此外，〈白語中保存著的殷商時代的詞語〉一文〔註 32〕，筆者讀之更加確信自我在研究前所提出的論點，即白語滯古底層詞結構，具有遠古時期漢語詞彙的音義現象，如同彝語或藏語，這些遠古時期的詞彙，或許仍保存在特殊場合的特殊用詞內，亦可能與新興借詞接觸融合，以新面貌提供語言使用者使用；90 年代楊品亮〈現代白語中古漢語詞〉〔註 33〕、趙漢興〈白族話中的古代漢語詞素例考〉〔註 34〕、李紹尼〈白語基數詞與漢語、藏緬語關係初探〉〔註 35〕、顏曉云和陸家瑞〈史載白語叢考〉〔註 36〕、張錫祿《中國白族白文文獻釋讀》〔註 37〕、周錦國〈現代語境下白語詞匯的嬗變〉〔註 38〕、趙海燕〈白語語氣詞的系統功能語言學探析〉〔註 39〕、段泗英〈小議鶴慶白語的重疊式構詞法〉〔註 40〕，及趙燕珍《趙莊白語參考語法》〔註 41〕等文論專書。

關於趙式銘（又名趙韜父：1873~1942），雲南劍川白族人，致力於雲南當地白話文運動，即白語運動，亦是雲南民族著名語言學家，著作甚豐，除了《白文考》外，另有《爨文考》、《么些文考》、《怒子古宗儸儸文考》等文論。此部分除了筆者調查探訪之資料外，亦查詢魏鈺菲：〈趙式銘《白文考》研讀〉《語言研究》（2012年）。

〔註 32〕張海秋、秦鳳翔和徐成俊：〈劍屬語言在吾國語言學上的地位〉和〈白語中保存著的殷商時代的詞語〉二文，刊載於《南強月刊》第 1 卷 4～5 期合刊（1937 年）。

〔註 33〕楊品亮：〈現代白語中古漢語詞〉《民族語文》第 4 期（1990 年）。

〔註 34〕趙漢興：〈白族話中的古代漢語詞素例考〉《思想戰線》第 4 期（1991 年）。

〔註 35〕李紹尼：〈白語基數詞與漢語、藏緬語關係初探〉《中央民族學院學報》第 1 期（1992年）。

〔註 36〕顏曉云和陸家瑞：〈史載白語叢考〉《雲南師範大學學報（哲學社會科學版）》第 2期（1997 年）。

〔註 37〕張錫祿：《中國白族白文文獻釋讀》（廣西：廣西師範大學出版社，2011 年）。

〔註 38〕周錦國：〈現代語境下白語詞匯的嬗變〉《大理學院學報》第 7 期（2008 年）。

〔註 39〕趙海燕：〈白語語氣詞的系統功能語言學探析〉《四川民族學院學報》第 1 期（2016年）。

〔註 40〕段泗英：〈小議鶴慶白語的重疊式構詞法〉《科教導刊（中旬刊）》第 3 期（2012年）。

〔註 41〕趙燕珍：《趙莊白語參考語法》（北京：中國社會科學出版社，2012 年）。

肆、前人研究再檢討與啓發

前述已針對白語歷來相關研究概況，進行簡明扼要的整理說明。此處主要就啓發本文再次深入研究，以便補充白語研究缺失的三本專書加以提出檢驗與說明，其餘白語研究多半以單一語區或單一音韻特徵進行探究，與本文以「歷史且宏觀」角度展開研究的宗旨較不符合，因此，單篇論文部分，僅在本文相關的討論部分予以參酌。〔註42〕

1. 袁明軍《漢白語調查研究》〔註43〕

本書利用傳統的歷史比較和語義比較法就原始白語聲、韻母構擬提出一套比較整齊的系統，但主要的討論目的在於系屬劃分問題，袁明軍認爲白語各方言點語音存在高度嚴整性，否定白語爲混合語的觀點；此外，其書對語音的構擬系統不甚經濟，聲母多達79個，韻母也有許多二合和三合輔音，輔音韻尾以鼻音和塞音區分，都需要再進一步討論。

袁明軍的調查研究，雖然在構擬系統上還有討論空間，但提供筆者研究時，更加確定白語並非混合語的定位，袁書內的方言點調查，也協助筆者在研究漢源詞分層語音演變對應規律時，能有比對的參考輔助。

2. 楊立權《白語的發生學研究：白語的歷史層次分析和異源層次的同質化機制》〔註44〕

本書提出新的理論「三重證據法」和「歷史層次分析法」相結合，從歷史人類學、考古人類學和文化人類學的三種證據的引入，以歷史上語言文化環境的廣闊視野，比較白語和親屬語言、白語和接觸語言關係詞重現白語發生史，同時經由「歷史層次分析法」確定白語和相關語言的比較範圍，以詞根爲基本單位，釐清白語各個歷史階段語詞的同源、自源、異源三種層次，並提出異源層次同質化的語言歷史演變理論模型，認爲白語發生學源頭是藏緬語而不是漢語，白語也不是混合語。

楊書提供的研究方向，是解決那不屬於漢源成分的白語內部詞彙，其來源

〔註42〕順序說明主要依據各書的成書年代作爲分類。

〔註43〕袁明軍：《漢白語調查研究》，（北京：中國文史出版社，2006年）。

〔註44〕楊立權：《白語的發生學研究：白語的歷史層次分析和異源層次的同質化機制》，（昆明：雲南教育出版社，2007年）。

可以從相關親族語言進行探究、以詞根爲基本單位，釐清白語各個歷史階段語詞的同源、自源、異源三種層次，並提出異源層次同質化的語言歷史演變理論模型，及白語不是混合語的概念等觀點，都帶給筆者在研究時應當要注意的方向，但楊立權和汪鋒相同，都沒有明確區分漢源詞和借詞，分層對應規律亦未明確，採用「三重證據法」能爲白語的發生學研究提供線索和依據，但人類學的研究也還存在很多難題，當證據之間出現矛盾，語言或物質證據何者可靠？且楊的歷史分期是以朝代做爲斷代，而非音系時段爲斷代，與歷史層次分析之理相違，陷入「描寫」白語的框架，而未做到實際透過描寫而進行重要的「解釋」白語工作。

3. 汪鋒《語言接觸與語言比較——以白語為例》——《漢藏語言比較的方法與實踐——漢、白、彝比較研究》〔註45〕

汪鋒在二本與白語相關的著作內，主要以陳保亞的詞階法、詞聚法、還原比較法、不可釋原則及詞源鑒別理論爲基礎，進行其相關研究論述，除了構擬原始白語音韻系統，亦分析並釐清白語、彝語和漢語三者間的親緣關係，並在語音對應的基礎上構擬原始彝語。汪鋒認爲漢語和白語的關係錯綜複雜，白語在歷時演變過程中受到漢語深刻影響，兩種語言間有大量音義對應關係（關係語素），並認爲區分這些關係語素是同源還是借貸是釐清白語源流的關鍵，此外，分清語言同源成分的歷史層次也是親屬語言歷史分期的關鍵。作者通過一套多年總結的語源研究操作程式，先剔除白語中的漢語借詞成分，在「剩餘的」更可靠關係語素中討論二者間的接觸關係，又以白語 9 個方言點的原始調查材料爲依據，以「提取」的方法探討深度語言接觸形成的不同歷史層次之白漢關係詞。

汪鋒的書引領筆者研究興趣與深入探源的啓發。首先是「詞階法」和「階曲線」，書中對聲韻調分析並詳細列表，這部分雖然給予研究帶來引導點，但是，「詞階法」和「階曲線」若更換核心關係詞進行研究，其結果亦不相同，爲核心詞標註等階，詞該如何明定其高階或低階，定調全依憑研究者主觀而

〔註45〕汪鋒：《語言接觸與語言比較——以白語爲例》，（北京：商務印書館，2012 年）、《漢藏語言比較的方法與實踐——漢、白、彝比較研究》，（北京：北京大學出版社，2013 年）。

論；其次是「還原比較法的內外部比較」，汪鋒以橫向（語言間借用）和縱向（祖語至後代語言之遺傳）區分關係語素的同源借貸，並以其做為分期關鍵，但這些並非建立在歷史層次分析的基礎上，亦非透過語音－語義深層對應進行比對，研究所得是否確實仍有待討論。

更進一步探究汪書亦發現，其研究過程並未明確指明其確實的分層概念，區分的層次亦不明顯，從汪書內聲韻調分析表及其研究方法發現，汪鋒只有用上古層次的關係語素詞去進行對應規律，顯然與其原初要「剔除白語中的漢語借詞成分，在『剩餘的』更可靠關係語素中討論二者間的接觸關係」的理念相違背，其所做的上古層對應規律包括同源詞跟借詞成分，巧妙迴避區分認定屬於討論漢白語言接觸的重要關鍵──區辨同源詞跟借詞，既然沒有明確區辨，語言間的借用或遺傳又如何能梳理出演變規律？

此外，汪書以詞階法將 Swadesh200 核心詞區分高低階，以計算 A、B 兩種語言中，高低階詞的同源比 a、b，若 a>b 則兩種語言同源，反之為接觸；這種方法甚為主觀顯然偏離其原初的語言接觸分層概念，如此又如何與其所謂的橫向借用和縱向遺傳相配合？又如何明確為白語系屬加以定位？更何況，運用 Swadesh200 核心詞研究的前提，必需要將詞源屬性加以明確定義為首要條件，為其區分高低階對於詞彙層次研究並無很大助益，況且，白語內部以語義鍵動語音發展的特殊語音現象，即詞彙擴散影響語音擴散，如此的語音特徵又該如何透過詞階法和不可釋原則說明？在語源界定清楚的語系內，Swadesh200 核心詞或許能證實同源核心理論，但是，汪鋒的矛盾處在於，白語詞彙本／自源、同源、借／異源三源的定義區分未明，在釋義不明的前提下，便使用 Swadesh200 核心詞來分階定義白語核心詞，如何令人信服？白語詞彙以古本義為主、今變義隨著時代演變而成為主導，在定義高低階時是否有注意到此種詞彙現象？且核心詞的定義隨著各族群的使用性和認定性亦有不同認知，如何能以普遍定義來論具有特殊語言現象的方言？

另外，汪鋒忽略「歷史」的關鍵詞義，僅以其所選錄的 9 個語源點分析，便將白語方言區劃為東支與西支，但白語方言內隔步不同音的現象甚為顯著，且處於語言疊壓過渡帶的地區甚多，在語言接觸融合的表現下，如何排除過渡地帶和滯古本源的語音現象，而籠統以 9 個語源點的現象分析，便以東、西支劃分為新語言分區？汪鋒的盲點在於提出方法要為區辨白語漢源詞

和借詞及分層進行分析，但卻採用不可釋原則及詞階語源鑒別法來巧妙迴避區辨的問題，利用階曲線和詞階法爲其核心語素分階，以階代替分層，雖然以方言調查加以輔助比對語音變化現象，但並未對演變現象提出專題討論，何時產生？爲何產生？爲何在借用或所謂的遺傳過程內會產生改變或不變？汪鋒書內留下的諸多盲點，如實啓發本文對白語和漢語，甚或藏緬彝親族語，彼此間透過語言接觸產生的競爭干擾和融合，及語音詞彙的歷史層次演變現象，有必要再持續探討，並深入完整層層梳理解析。

以下便針對本文採用的研究方法和研究所需的語源材料進行說明。

第三節　研究方法與語料來源

工欲善其事、必先利其器。如何讓研究計畫得以確實執行，首先必需採用良善的研究方法做爲基礎，確定研究方法後，進一步才能將研究的相關語料置入加以運用。以下就本文研究採用的研究方法和語源來源，及研究步驟，分三部分予以說明。

壹、研究方法

「詞彙」和「語音」乃一體兩面，語音離開詞彙，即無法體現其具體演變特徵。因此，本文即以「詞彙」爲基礎，探討的核心問題意識即：白語漢源詞，針對「漢源」而論，包含漢源之字本源和詞本源之相關詞源；而漢源的定義是以來源於「漢語」之同源與借源屬性的詞彙，本文進一步將來源於漢語的同源定義爲同源關係詞，來源於漢語的借源之漢語借詞則爲借源關係詞。排除白語整體語音系統內來源於藏緬彝親族語的部分，其內部占大宗的詞彙來源即屬漢語，白語整體語音系統內既有漢語同源詞亦有漢語借源詞，由於白語族自信史時代肇始與漢語族深厚的歷史交流，白語漢語同源詞亦與滯古底層本源呈現重疊難辨的面貌，隨著南詔大理時期在政治上具優勢地位的漢族與白語族日益頻繁的接觸交流，白語內部亦逐漸吸收融入大量的漢語借詞，這些漢語借詞及白語本身的滯古底層詞及其早先融入並成爲底層的老借詞，遂在各歷史層次時期成爲影響白語整體語音系統的重要關鍵。

針對白語漢源詞之層次分析研究，本文所運用的研究方法主要是歷史比較方法中的內部分析法和方言比較法，以及歷史層次分析法，及其延伸做爲參照

輔助的詞彙擴散和語音擴散、語義深層對應論及對音學之譯音對勘理論，藉由白語整體語音系統所呈現的歷史音韻分合關係，深入梳理歷史層次在白語語音系統內的系統性對應，以便能如實掌握白語內部複雜多重的層次結構，然而，本文雖不以構擬白語原始音讀爲主，然而仍藉助內部擬測法，在層次分析演變現象之結論，針對白語語音系統之聲、韻、調進行早期構擬。

　　因此，透過研究方法主要解決白語的詞源和歷史分層表現的語音演變現象，梳理白語語音系統的演變進程。以下就本文研究採行之方法及其理論基礎概述說明。

（一）歷史比較法與歷史層次分析法

　　將歷史比較法與歷史層次分析法搭配活用。李福印、馮英和辜夕娟及李燕萍等人提及，人類生存和認知的首要任務便是針對各類事物進行分類，此種分類過程即是範疇化的過程，然而範疇化的過程產生概念等級，透過認知經濟原則劃分出滿足人類認知需求的基本認知層，以最少的認知訊息獲得區辦本能的基本層、抽象概括的上位層下位層和具體少概括性的下位層。〔註46〕透過這項啓發觀點，筆者將進行二方面研究：第一用以分析白語合璧詞的組合現象，及其所隱喻的語義認知內涵；第二轉化借用其中的等級分類概念並配合歷史層次分析法，進一步剖析白語語音系統之相關層次演變概況，語音演變莫不是人類對其進行範疇化的過程，藉由語音時期區分以明確不同時期的演變與接觸融合，這啓發本文在此範疇化的初步分類分級的概念下，深入透過歷史層次分析法進行後續研究。

　　潘悟云、李小凡、戴黎剛及龔娜等學者，不約而同皆提到南方方言歷來既有多個來源且內部層次複雜〔註47〕，如果不把歷史層次分清楚，就會把不同來

〔註46〕李福印：《認知語言學概論》（北京：北京大學出版社，2008 年）、馮英和辜夕娟：《漢語義類詞群的語義範疇及隱喻認知研究（三）》（北京：北京語言大學出版社，2011 年），及李燕萍：〈維吾爾語複合合璧詞的語素來源及語義認知機制〉《語言與翻譯》第 2 期（2013 年），頁 16～19。

〔註47〕潘悟云：〈漢語方言的歷史層次及其類型〉，頁 59～67、李小凡：〈論層次〉（2007 年），頁 178～195、戴黎剛：〈歷史層次分析法——理論、方法及其存在的問題〉《當代語言學》第 1 期（2007 年），頁 14～25 及龔娜：〈漢語方言歷史層次研究的回顧與前瞻〉，頁 102～106。

源的不同音類放在一起進行比較，並進一步指出歷史比較只能在同一歷史層次之間，歷史比較的前提就是區別同一方言的不同歷史層次，且歷史層次在其本質上，理應對當語言形式與成分在共時系統中的疊置，因此，歷史層次所強調的核心目的應當是存在於共時系統內，亦是研究分析時所對當的語言形式系統地併存於同一共時系統內的疊置現象。綜合言之，實際運用歷史層次分析，首先要辨析歷史層次的分類，即語言結構、年代及來源劃分，並且辨析異源層次疊置與內部語音演變間的交錯現象，依據白語詞彙語音系統的實際現象，在辨析的過程中需援用語義深層對應論及詞彙擴散論對其語音變化的影響。因此，本文主要綜合沙加爾和徐世璇合著〈哈尼語中漢語借詞的歷史層次〉，及黃行和胡鴻雁合著〈區分借詞層次的語音系聯方法〉及咸蔓雪《漢語越南語語素關係分層》博士論文內所提出的層次分析條例，並將其實際運用做為研究步驟相關參照依據，統整歸納如下：〔註48〕

（1）一個借入的語素音節，其聲母、韻母和聲調的對應規律都處於同一個層次。

（2）一個借入的多音節語素即各音節為非語義成分的借詞，其所有音節的聲母、韻母、聲調的對應規律都處於同一個層次。

（3）在分出多個層次的情況下，只有最底下一層有可能是發生學的關係，在此之上的所有層次肯定是語言接觸的結果。

（4）透過音類層次系聯，以中古音類的語音分歧劃分音類層次，再從各層次某音類系聯同音節的其他音類，以便得出各層次的語音系統；此時，若在系聯的過程中仍出現語音分歧，需根據此種分歧進一步劃分音類層次，直到每一層次之每個音類都只有一個音值。

（5）採用劃分所得的各層次語音系統與中古音和現代方言語音的音值對照，以便確定各層次的年代或歸屬。

（6）藉由可以確定層次的音類推尋其他音類的層次。

〔註48〕 沙加爾和徐世璇：〈哈尼語中漢語借詞的歷史層次〉《中國語文》第 1 期，（2002 年），頁 55～56、黃行和胡鴻雁：〈區分借詞層次的語音系聯方法〉《民族語文》第 5 期，（2004 年），頁 14～16，及咸蔓雪：《漢語越南語語素關係分層》（北京：清華大學語言學研究所博士論文），收錄於蔣紹愚主編：《清華語言學博書叢書》（上海：中西書局，2016 年）。

　　本文大抵依循上述原則綜合使用，以進行白語漢源借詞年代層次劃分作業，並系聯出白語各時代層次系統性的音系特徵，然而，依據白語北部、中部及南部三語區之漢源詞實際的語音綜合概況而論，借入的音節成分，隨著不同語區的語音演變規律，有時亦會處於不同的層次範圍內，為解決白語此種語音現況，再輔以咸蔓雪在其博士論文《漢語越南語語素關係分層》內所提出的原則——「同一個借詞的聲韻調可屬不同層次」說法〔註49〕，以解釋白語內部相同漢源詞彙在不同語區內的不同時期之借入現象，如此才能說明同詞彙在不同語區所呈現的跨層次語言現象。

（二）內部分析法與系統性歸納法

　　實際進行歷史層次分析研究，主要效用即是針對「異源層次疊置」與「內部語音變化」間的交錯所產生的分化與合流現象加以區辨，於此本文採用陳其光、陳忠敏、杜佳倫和就閩語分析其語音層次時提出的方法檢視白語：〔註50〕

（1）能使用語音條件解釋的變異屬於反應同一層次的音變。

（2）文白異讀屬於不同層次。文讀在白語語音系統內屬於漢語借詞音讀現象，白讀則屬於白語音讀，白語白讀內部又依據借入時間再次區分文讀和白讀。基本而論，文白異讀在白語語音系統內主要指稱「『文漢』『白白』」的音讀現象。

（3）相同的古音來源卻出現兩種不同的語音對應，當此語音對應出現的語音環境並非互補時，其所反應的語音層次即有異。

　　此即透過內部分析，將白語內部的語音概況做系統性的歸納，以便反應相關的對應現象。

（三）語義深層對應

　　語音深層對應外，亦配合語義深層對應法進行參照。借詞的影響除了淺層增加新成分外，更具有語音－語義－語法之深層影響。因此，在歷史層次分析

〔註49〕咸蔓雪：《漢語越南語語素關係分層》（北京：清華大學語言學研究所博士論文），收錄於蔣紹愚主編：《清華語言學博書叢書》（上海：中西書局，2016年）。

〔註50〕陳其光：〈語言間的深層影響〉《民族語文》第1期（2002年），頁8～15、陳忠敏：〈重論文白異讀與語音層次〉《語言研究》第23卷第3期（2003年），頁43～59，及杜佳倫：《閩語歷史層次分析與相關音變探討》，頁15～16。

研究的過程中，除了語音的對應規律外，語義之間也可能存有某種根植於共同文化源流的相互對應規律。針對此規律，邢公畹、邢凱針對語義深層對應提出「同音異義」說予以說明〔註51〕，邢公畹舉臺語的一個字和漢語的一個字在意義上相同或相近，在音韻形式上可以對應則具有同源的可能性〔註52〕，如此即具備深層對應關係，又如詞典中一詞多義、各義項間有引申或近同源但形略異的詞等，皆能歸屬深層對應範圍內，白語詞彙語音系統內具有同音多義及詞義引申引領語音演變等語音特徵，因此，語音和語義彼此的深層對應規律亦是本文在歷史層次分析的主結構下採行的輔助研究法則。

上述研究方法主要根植於語言接觸、詞彙擴散及歷時與共時的研究理論觀點。透過語言彼此間相互滲透與影響的接觸理論，分析白語與漢語間的接觸，及其與藏緬彝親族語間的接觸；沈鍾偉和美籍華裔學者王士元皆提出關注語音同異質性，即有序的異質性之詞彙擴散理論〔註53〕，所謂音變是在被這個音變所涉及的詞彙（即字本源和詞本源）當中逐步擴散而成，此外，詞彙擴散理論關於注重地緣屬性、外來方言以及行政區重畫等部分，亦是語音研究不可忽略的重要觀點〔註54〕，本文在研究過程亦同時關注語言外部因素的影響。再者，語言接觸亦是使對音理論發展的關鍵之一，因此，本文研究亦兼顧對音學理論，將白語和漢語接觸融合後產生的詞源語音現象分為三類，此種現象同樣也出現於白語和彝語的接觸融合過程，然而，彝語的白彝對音現象，在白語的詞彙系統內，現今普遍屬於專有名詞及滯古詞彙。白漢對音分類如下：〔註55〕

〔註51〕 邢公畹：〈漢台語舌根音聲母字深層對應例證〉《民族語文》第 1 期（1995 年），頁 5～17、《侗台語比較手冊》（北京：商務印書館，1999 年），頁 483～493、邢凱：〈語義比較法的邏輯基礎〉《語言研究》第 4 期（2001 年），頁 90～91。

〔註52〕 邢公畹：〈漢台語舌根音聲母字深層對應例證〉，頁 5～17。

〔註53〕 沈鍾偉：〈詞彙擴散理論〉收錄於《漢語研究在海外》（北京：北京語言學院出版社，1995 年），頁 31～47。

〔註54〕 王士元著、石鋒等譯：《語言的探索——王士元語言學論文選譯》（北京：北京語言文化大學出版社，2000 年）、王士元：《近四十年代的美國語言學》《語言學論叢》第 11 輯（北京：商務印書館，2010 年）。

〔註55〕 丁鋒：《日漢琉漢對音與明清官話音研究》（北京：中華書局，2008 年），頁 2～5。

（1）以音對音：以漢語音讀為白語單雙音節字或語句注釋音讀或譯寫。

（2）音義具借：將漢語語音借入後，融合本族語音內合適的語音現象，並以合璧詞或四音格詞現象，搭配組合使用。

（3）官話方言：明清民家語時期的軍屯移民制度，漢族移入者採用漢語記音筆錄白語語音，以口耳筆譯為主。

採用上述研究方法研究白語漢源詞的語音層次演變現象，還需配合方言比較法和內部擬測法，歷時語音變化及共時對比、比較表層和深層的結構差異、以語義深層對應為基礎，從異源層次的對應性與跨方言彼此間進行對音比較，以便掌握異層同讀的語言現象及漸層擴散的語言現象〔註56〕，才能精確且系統性的呈現白語詞彙語音系統所反應的層次演變概況，明白歷史層次疊置對白語詞彙語音系統產生的整併、分化及各類音變情形。

貳、語料來源

第一度的語料來源主要以田野調查為主，並以相關調查方言報告為輔，做為第二度的語音查核，並以層次分析研究所需的對應語料，做為分辨詞源來源屬性的對應參照，以便更加精確呈現詞彙語料的語音概況。

因此，筆者研究第一步先搜羅語料，其步驟如下：

一、語料搜集

（一）設定語料範圍：

依據《漢語方言語音特徵調查手冊》和《方言調查字表》內 4000 筆語料，篩選出包含單雙音節之實詞和文法虛詞部分、天文地理、日常器物、稱謂用語、飲食／動植物、人體器官、歲時節氣名等內容，共 2000 筆語料的基礎上。

（二）篩選有效語料：

依據層次分析的分層前提，剔除調查的 2000 筆語料內，屬於現代漢語音譯詞的語料例、以相同詞根所構成的詞族語例，這部分僅收錄詞根例做為分析對象、合璧詞現象及名物類專有名稱，需特別說明的是，其詞源非屬漢源者亦收錄並特別列舉觀察，以便詳細比對其內部是否仍有漢源成分的疊置現

〔註56〕簡秀梅、洪惟仁：〈關廟方言區「出歸時」回頭演變之社會方言學研究〉《社會語言學與功能語法論文集》（臺北：文鶴出版有限公司，2007 年），頁 45～66。

象，總計共收錄包含小舌音讀語料在內，共 700 筆有效語料，此做爲附錄一。

（三）活用層次演變：

進一步針對附錄一的白漢關係詞原始語料，藉由詞源屬性區辨、語音－語義對應原則及白語層次演變條例，將相關語料的層次來源質性，建表歸整爲附錄二之 8 表，修正前人研究未突顯歷史層次演變跡象之缺失。

研究第二步驟分爲二部分說明：首先根據蒐羅查核的語料，進行語源區對比分類，其次針對對應材料的參照出處加以說明。

二、語料地域

本文從詞彙屬性的層次出發，解析白語歷史層次所反映的語音演變概況。以下分別就白語的語源材料，及層次分析所需對應語源材料二部分，說明取材方向。

（一）白語的語源材料取向

在白語語源材料方面，根據李藍和錢曾怡對西南官話的分區可知，西南官話主要分成 6 大片、22 小片〔註57〕，白語所在的大理白族自治州具體的方言片屬於西南官話雲南片，自先秦兩漢以迄宋元時期，歷朝歷代的移民對於本區方言彼此間的接觸融合皆產生極大影響力，其語言發展主要以少數民族語言爲主，由於地理區域影響，雲南片北部區域亦接觸融合少量蜀語，時至明清則歸屬於西南官話語音系統；進一步再依據徐琳和趙衍蓀於《白語簡志》內的語區劃分，白語區主要分爲北、中、南三大方言土語區，各區所轄之鄉鎮，往往內部語音差異顯著，「隔步不同音」爲白語語區內的重要特色，由於白語內部方言複雜，一個地方若位居交通過渡樞紐處，其語音結構則兼具過渡色彩。基於此項語言的同異質性因素，筆者調查的前置作業第一步，在選擇調查語源區時，特別以兼具語音過渡特徵的語區爲調查點，如此才能確實探查白語滯古底層、及滯古底層是否又具有疊置的語音特色。

因此，本文依據白語北、中、南三大方言分區作爲白語漢源詞彙歷史音韻層次的比較研究對象，各方言點並選取具特殊語音過渡現象點做爲語源材

〔註57〕 李藍：〈六十年來西南官話的調查與研究〉《方言》第 4 期（1997 年），頁 1～9、〈西南官話的分區（稿）〉《方言》第 1 期（2009 年），頁 72～87、錢曾怡：《漢語官話方言研究》（濟南：齊魯書社，2010 年），頁 239～240。

料進行分析，以此爲基礎建構白語歷史層次系統，各區選取的方言點如下：

(1) 中部劍川片：鶴慶辛屯（金墩）、康福；雲龍諾鄧、雲龍漕澗。〔註58〕

(2) 南部大理片：洱海周圍挖色／西窯／上關／鳳儀。〔註59〕

(3) 北部碧江片：原怒江片。瀘水洛本卓、藍坪營盤、藍坪共興。〔註60〕

〔註61〕〔註62〕

〔註58〕李義祝：《雲南鶴慶漢語方言和白語的語言接觸研究》（昆明：雲南師範大學，2012年），趙金燦：《雲南鶴慶白語研究》（北京：中央民族大學，2010年），黃冬琴：《諾鄧白語語音研究》（昆明：雲南師範大學，2013年），李賢王：《漕澗白語語音研究》（南寧：廣西民族大學，2013年）等調查報告專書論文。

〔註59〕董文菲：《洱海周邊地區白語方言土語對比研究》（昆明：雲南師範大學，2013年）。需特別說明的是，關於本文研究白語聲調值層次分析部分，由於白語區特殊的聲調表現概況，爲能更加如實將白語聲調值的層次劃分精明，本文亦參考王鋒：《昆明西山沙朗白語研究》（北京：中國社會科學出版社，2012年）等調查報告專書。

〔註60〕〔英〕Bryan Allen（艾磊）著、張霞譯：《白語方言研究》（昆明：雲南民族出版社，2004年），袁明軍：《漢白語調查研究（當代語言學論叢）》（北京：中國文史出版社，2006年）。需特別說明的是，關於本文調查的白語北部方言區，由於文內分析所需，在筆者調查的時間和能力有限的情形下，在論述必需要更多的語源材料加以對應時，此部分亦再查核汪鋒：《語言接觸與語言比較—以白語爲例》（北京：商務印書館，2012年）和《漢藏語言比較的方法與實踐—漢、白、彝比較研究》（北京：北京大學出版社，2013年）等調查報告專書。

〔註61〕（1）由於白語族具有相當族群意識，在接觸漢語並受其深化之下，目前開始進行白語復興計畫，主要以「白漢俱通」爲教學目標。

（2）白語族雖不若彝語族具有排外性，但白語族「遇白言白、遇漢言漢」的觀念，使得調查過程需藉由溝通並得以取得資源，實際田野調查行程如下：2013年10月~12月透過短期交換生瞿菁協助連繫雲南同學余飛（30歲，男，教育程度大學，主要方言爲漢白雙語）及其父母親和祖父母（父母約莫50~60歲，教育程度國中，主要方言爲白語亦能理解漢語普通話；祖父母約莫80歲，未受有正規教育），針對白語相關詞彙受到漢語語義影響而影響語音發展的相關狀況進行問題解析，並針對白語南部大理片語區（洱海周邊四語區）進行再考核；2017年6月~10月透過北京師範大學黃雅礜協助連繫雲南同學和壽芬（35歲，教育程度大學，辛屯語區人士，主要方言爲漢白雙語並以白語爲主要交際口語方言，學校教育之書面語則爲漢語，在部分已不常使用的詞彙及相關白漢語義問題方面，亦有委請家中父母者老幫忙，約莫50至80歲，未受正規教育，以農耕爲業），調查辛屯語料時，並連同調查同屬鶴慶縣壩子南部的金墩語料，但因時間有限，因此金墩語料並未列入本文討

這些方言點目前都有較完整的調查報告語料可以運用，筆者調查時綜合《漢語方言語音特徵調查手冊》和《方言調查字表》內 4000 筆語料，自行建構「白語調查語料詞彙分析表」共 2000 筆語料，且調查語料範圍包含單雙音節之實詞和文法虛詞部分、天文地理、日常器物、稱謂用語、飲食／動植物、人體器官、歲時節氣名等，符合實用性、生活性和日常普遍性的內容。

配合本文依層次分析為研究主題的前提下，針對「白語調查語料詞彙分析表」共 2000 筆語料，運用本文提出的研究條例進行篩選，剔除調查的 2000 筆語料內，屬於現代漢語音譯詞的語料例、以相同詞根所構成的詞族語例，這部分僅收錄詞根例做為分析對象、合璧詞現象及名物類專有名稱，總計包含小舌音讀語料，共收錄 700 筆有效原始語料，做為文內研究的主要語源來源。

筆者研究第二步驟，便是根據蒐羅查核的語料進行語源區的對比分類，主要採用 Excel 和 Access 程式，就語料的屬性將語源區置於橫向欄位，各語源區的欄位分別是「共興、洛本卓、營盤」屬純北部語源區、「辛屯、漕澗、諾鄧、康福」屬中部語源區，然而，其中「辛屯和諾鄧」屬於中部和北部語源區之過渡，屬於純中部語源區為「漕澗」，「康福」屬於中部和南部語源區之過渡，「洱海周圍挖色／西窯／上關／鳳儀」四區屬於純南部語源區，文內的語料範例說明表之語區欄位安排，即以此順序為參照。〔註63〕

論的語料範圍內、北京人民大學隋新然協助連繫雲南同學趙李晶（35 歲，教育程度大學，北部洛本卓語區人士前往北京工作，主要為漢白雙語、其母趙郭，約莫 80 歲，教育程度小學未完成，北部營盤語區人士主要方言以白語為主，需透過子女代為翻譯溝通才能進行訪談），主要以考核保留早期白語現象較豐富的北部語源區之洛本卓和營盤為主，考查重點在詞彙音讀、滯古語音之保留及其相關漢語語音和語義的影響。需特別說明的是，本文此處亦參考邢公畹於 1998 年和 1999 年發表於《民族語文》，針對上古音韻部同源字考證之系列篇章，此部分因篇幅所致，統一於參考書目之單篇論文部分附錄說明。

〔註62〕 本文調查語料除了上述所列之主要研究語源點外，因白語特殊的語音狀況所需，本文亦在聲母部分及聲調部分，再行調查數個語源點及查核相關調查方言報告，以期讓本文的分析更加確實精闢，其說明將於相關章節內補註說明。

〔註63〕 調查語區分布圖詳見附圖目次後，本文第一章正文前。調查語區之雲南省區地理分布圖，查詢於：http://big5.china.com.cn/guoqing/2009-11/17/content_23766330.htm，並由筆者再製。

（二）語區選擇釋疑

由於本文研究白語歷史層次的語音演變概況，屬於整體歷史發展脈絡；因此，在語區的擇取上，需兼顧白語內部北、中、南三語區及其過渡疊壓帶的語音特徵，如此才能對應出語言接觸下的演變痕跡；漢語釋義置於縱向欄位，分別建立語料表，以便將對應語源材料逐一比對；在原始研究語料的基礎上，將白語漢源詞語源材料畫分出相應的層次結構，爲補充前人研究缺失，本文就此700 筆有效原始語料，根據研究所得的白語層次演變定義，將原始語料依其層次類別，分別歸屬於確實的層次屬性內，列置 8 張語料表表示，置於原始語料表之後呈現；在研究過程中除了針對語料部分進行再次查核，主要的重點是特別針對音讀系統內同音異義、滯古語音現象、以語義解釋語音的白讀現象和聲調值類等四部分進行實際考查，以便將白語已逐漸被漢語同化的滯古語音層、中古時期及民家語時期，產生大量變動的語音演變概況如實說明。

三、層次分析所需之對應材料取向

語音對應方面的參照，主要區分漢語方言及親族語材料兩部分進行對應，在漢語上古音讀和中古音讀部分，主要參考及引用的擬音資料有：陳彭年及丘雍《宋本廣韻》、丁度《集韻》、本悟《韻略易通》、丁樹聲《古今字音對照手冊》〔註64〕、李方桂《上古音研究》〔註65〕、高本漢《漢文典》〔註66〕，及白一平《漢語上古音手冊》〔註67〕等書籍，文內對應所援用的擬音部分主要參著王力和李方桂之擬音爲主；藏緬彝親族語及其他親族語源部分的語音對應來源則援用黃布凡《藏緬語族語言詞彙》〔註68〕，在彝語部分再特別查核《彝語簡志》〔註69〕，部分涉及侗臺語方面的語音對應則援用邢公畹《漢臺語比較手冊》〔註70〕，及其自 1998 年肇始發表於《民族語文》期刊之相關漢藏語系上古音韻部同源字考

〔註64〕 丁聲樹編錄，李榮參訂：《古今字音對照手冊》（北京：中華書局，1981 年）。

〔註65〕 李方桂：《上古音研究》（北京：商務印書館，2015 年）。

〔註66〕 高本漢：《漢文典》（上海：上海辭書出版社，1997 年）。

〔註67〕 白一平：《漢語上古音手冊》A Handbook of Old Chinese Phonology , Mouton de Gruyter Berlin. New York（1992 年）。

〔註68〕 黃布凡：《藏緬語族語言詞彙》（北京：中央民族學院出版社，1992 年）。

〔註69〕 陳士林、邊仕明和李秀清等編著：《彝語簡志》（北京：民族出版社，1982 年）。

〔註70〕 邢公畹：《漢臺語比較手冊》（北京：商務印書館，1999 年）。

系列單篇論文；涉及苗瑤語方面的語音對應則援用王輔世和毛宗武之《苗瑤語古音構擬》〔註71〕。

語義對應方面的參照，白語語音系統的層次演變，並非僅是單純語音對應便能詳述其變化，還需藉助語義的深層對應才能確實梳理其語音變化受語義的影響程度。因此，語義本義和引申義部分的考察，主要查詢：古籍段玉裁《說文解字注》、桂馥《說文解字義證》，今人論著王力《漢語史稿》〔註72〕及羅竹鳳主編《漢語大詞典》等字詞典進行語義釋義對應探釋，如此才能確實反應白語「以義領音」的特殊音義表徵。

參、研究步驟

「層次」在白語詞彙語音系統內分為兩類：其一指稱詞彙部分，特別指其滯古固有層方面，白語在滯古固有層的詞彙系統內受到漢語深入接觸融合的結果，使其內部亦形成三層語音現象，首先最底層之滯古層即受漢語影響最小最慢、在性質配合環境及習慣或擬聲而造的本源詞；第二層主體變化層可謂整體詞彙語音系統的主要層次，受漢語變化最為顯著的主體變化層，也是主要研究分析的來源；第三層為突變層，主要在語音和語義上皆全數借入，其性質屬性與借詞形成疊置現象，亦屬於語音演變超前層。

然而，這些詞彙層次的性質變化並非一蹴而成，是透過時代洪流一點一滴形成，因此也形成歷史時期的層次現象，這也是「層次」概念在白語整體詞彙語音系統內的第二項指稱重點：歷史時代的層次斷面部分。

本文研究主要配合白語族歷史脈絡及其與語言接觸概況，援用黃行和胡鴻雁針對水語研究提出的系聯方法〔註73〕，區分出上古語音層、中古語音前期A層和中古語音中晚期B層、近現代時期層等四階段歷史階層，需特別說明者在中古語音時期的切分，因白語底層本源詞具有少量以唇齒擦音為聲母的詞例，據時間點論斷，此時應是在唐宋時期36字母形成後而產生，但為數較少，普遍仍是維持守溫30字母之輕重唇不分的語音形式，此外，唐宋時期對於白語語音系統而言實形成相當程度的演變動盪，而這種演變動盪及大量漢

〔註71〕王輔世和毛宗武：《苗瑤語古音構擬》（北京：中國社會科學出版社，1995年）。

〔註72〕王力：《漢語史稿》（北京：中華書局，1980年）。

〔註73〕黃行和胡鴻雁：〈區分借詞層次的語音系聯方法〉，頁12～17。

語借詞的滲透融合，應在樊綽纂輯《蠻書》所記的白／烏蠻詞彙後，由此做為時間斷面層而將中古時期分為 A 和 B 兩層；另外在近現代時期層部分，本文將在韻母層次分析章節內特別說明白語近代語音層的語音演變現象，此時對於白語而言屬於民家語時期，最為顯著的語音現象是受到西南官話即明代前、中期雲南當地語音學家所著之官話韻書影響而成，現代時期的白語音讀則是以音譯漢語音讀為基準。

　　針對白語漢源詞，即源自於漢語關係詞之歷史層次分析步驟，主要分為二大方向進行：首先，在區辨白語詞彙語音系統內大量的漢語借詞部分，依據白語詞彙系統內的三源屬性，排除白語詞彙系統內的同源詞，及已屬於底層老借詞模糊不清的灰色地帶；其次，除了白語詞彙系統內較易判斷的直接音譯漢語借詞的現代語音層外，白語詞彙系統內的古漢語借詞層（此處之古為廣義範圍，排除現代語音層外的上古層、中古層和近代語音詞）之判斷，主要根據三項原則區辨白語內源自於漢語的關係詞：

（一）語音和語義彼此皆對應

　　針對成批成量與漢語音義具有相對應的詞彙，若在詞義上與漢語古本義及其引申義有所對應關係，語音結構上與中古《切韻》音系甚至上古音系可形成相對應關聯性之詞彙，則歸屬於源自於漢語借詞範疇內視之。

（二）特有文化詞的對應

　　白語族與其他各少數方言民族相同，其詞彙結構內屬於古漢民族特有的文化詞，諸如天干地支詞及相關的歲時節慶詞目等，皆歸屬於源自於漢語借詞範疇內視之。

（三）排除本源詞及滯古語音層

　　非白語詞彙語音系統內自身固有而與漢語具有語音和語義關係的詞皆屬於源自於漢語的關係詞，在語義部分亦包含古本義、今本義及其引申義皆屬之，白語較為特殊的的部分是在北部語源區及部分位處中間過渡地帶的中、南部語源區，在借詞部分有採用自身語音系統表示而產生本源和借源的誤判現象，例如：白語滯古語音現象之擦音送氣方面需加以分類。

　　在歷史層次分析的原則方法方面，依據語音和語義的對應關係原理和綜合整理曾曉渝、沙加爾和徐世璇、龍國貽、黃行和胡鴻雁等學者，針對不同的少

數民族語言中的漢語借詞之歷史層次研究方法〔註74〕，主要採用七項分析方法
進行解釋：

1. 詞彙語音隨時代演變產生語音變化

白語整體詞彙語音系統內具有「一詞多音」和「一詞多義」的音義特徵，
此種語音現象即說明在白語詞彙系統內其同一借詞具有兩種或兩種以上的語音
形式，不僅如此，鍵動其多重語音的產生關鍵，正與詞彙擴散甚有關聯，詞彙
已然固定在詞彙系統內發展，但語音隨著時代的不同而產生不同的變化，使其
同一借詞遂具備不同歷史層次的讀音現象，例如：「氣」，白語基本以單音節詞
「氣」字表示漢語雙音節「空氣」一詞，隨著與現代漢語接觸日益頻繁，「氣」
所組合的詞彙結構類型繁多，單音節詞恐將產生詞義混淆，因此，白語的區辨
方式便採用複合合璧詞結構表示，將修飾基本語素義的成分予以突顯。

觀察「氣」字的音韻結構發現，在白語語音系統內包含三種語音和三種
來源：在白語語音系統內已普遍受到漢語現代音讀影響而以顎化舌面送氣音
[tɕ'i]表示，但是，隨著語音的對應比較可知，在白語南部語源區之洱海周邊挖
色、西窯、上關和鳳儀四區，其詞彙「氣」專指「空氣」義時，其音讀源自
於彝語（喜德）音讀[so55]而來，並用普遍的重疊合璧結構[so55 so55]表示，
此音讀另外又可表達詞例「霜」字的音讀，除此之外，隨著漢語借詞的深化，
其他以「氣」做為漢語借詞例，例如嘴內產生的氣「嘆氣[ou31 tɕ'i44]」，其「氣」
字則以現代漢語借詞音讀表示；另外，調查顯示，在白語北部語源區之洛本
卓，亦發現底層本源詞彙現象，即以軟顎舌根擦音[xɔ55]為音讀，此音讀為白
語以仿擬呵氣動作時產生的「氣」為音讀，此亦即白語表示「氣」的最原始
語音現象，隨著與周圍民族交流後才逐漸借源產生語音變化。

因此，白語詞彙「氣」在其歷史層次內即具有本源和借源兩種來源，在借
源部分又從彝語而借及近現代從漢語而借，從[xɔ55]和源自彝語的[so55 so55]
音讀，其調值[55]調亦為白語聲調滯古調值的語音現象，其音讀演變上古至近
現代為：[xɔ55]→[so55 so55]→[tɕ'i44]。

〔註74〕 曾曉渝：〈水語裡漢語借詞層次分析方法例釋〉《南開語言學刊》（2003 年），頁 20
～35、沙加爾和徐世璇：〈哈尼語中漢語借詞的歷史層次〉，頁 55～56、龍國貽：〈藻
敏瑤語漢借詞主體層次年代考〉《民族語文》第 2 期（2012 年），頁 36～40，及黃
行和胡鴻雁：〈區分借詞層次的語音系聯方法〉，頁 12～17。

2. 借詞的音節結構規範在同一歷史層次

漢語借詞的一個語音形式，其語音結構的聲母、韻母和聲調值的對應規律應處於同一歷史層次內；然而，白語除漢語借詞外，其本源詞之語音演變亦隨著漢語音讀現象的借入而改變形成不同的語音歷史層次；白語這部分需分三方面觀察：其一是本源及非本源之滯古語音層的語音演變、其二是一字多音所形成的不同層次的對應規律，其三是動詞隨著後置賓語的不同而產生不同的語音現象。例如以白語自／本源詞「天」爲例說明：

例字	中古聲紐	共興	洛本卓	營盤	辛屯	諾鄧	漕澗	康福	挖色	西窯	上關	鳳儀
天	透開四	xẽ55 hẽ55	χẽ55	xĩ55	xe55	xe55	xã55	x'ẽ55	xe55	xe55	xɯ55	hi55 xi55 ɣi55

此音讀屬於白語滯古底層本源詞語音現象，其音讀在聲調值部分皆爲底層調值[55]調，韻母主元音主要以[e]元音爲主並受元音高化影響而逐漸高化發展，在聲母部分雖然具有滯古小舌音清擦音和軟顎舌根清擦音及聲門擦音三種類型，但此三種類型的音讀仍屬於白語本源滯古語音上古層音值。又如借詞詞例「種」讀作[tsv33]→[tsõ33]→[tɕo33]→[tsuẽ33]／[tʂuõ33]（～子）和[kɛ24]（漕澗）→[tsõ42$^{（緊）}$]（種～），「種」屬於章母鍾韻三等合口上聲字，如此一來其音節[tsõ33]和[kɛ24]→[tsõ42$^{（緊）}$]所反應的聲母、韻母和聲調值的對應規律分別爲：

（1）[tsõ33]：章母三等對應[ts-]/[tɕ-]/[tʂ-]聲母，鍾韻三等對應 v/o/ue/uo 韻母，並有韻母主元音之鼻化現象，全清對應上聲調類[33]調。

（2）[tsõ42$^{（緊）}$]：章母三等對應[k-]/[ts-]聲母，鍾韻三等對應 ɛ/o 韻母，並有韻母主元音之鼻化現象，全清對應去聲調類[42]緊調。

詞例「種」屬於一字兩讀的語音現象，從此兩個音節的讀音即反應出兩個不同歷史層次時期，漢語借詞在章母三等、鍾韻三等及古全清類字在白語整體語音系統內聲母、韻母和聲調值的不同對應規律。由語音變化可知，白語此詞例先借入釋義爲「種子」且以舌尖塞擦音對應中古上聲調類的[33]調音讀，屬中古早期 A 層[ts-]，至中晚期 B 層產生顎化現象[tɕ-]，近現代時期則演變爲翹舌音讀[tʂ-]，韻母受漢語借詞影響則明顯由單元音裂化爲複合元音現象；此外，對應去聲調類[42]緊調表示動詞語義的「種」在白語語音系統內以調值類

差表示兩詞例之不同，除了漕澗此詞例借中古早期 A 層借入時即以軟顎舌根音讀表示[kɛ24]外，白語整體語音系統內表動詞語義的「種」，其語音基本以舌尖塞擦音對應對應去聲調類[42]緊調[tsõ42^{（緊）}]表示。

3. 聲調區辨

白語承襲漢語語音特色，其聲調值類具有強烈系統性，其對應規律易於掌握，特別在一字兩讀的語音現象內，著實需要聲調值類的輔助區辨。因此，解決之道，需先從白語滯古語音層內，梳理出各層次的聲調值類系統，雖然，白語滯古語音聲調值類系統內亦滲透漢語借詞聲調於內，即便如此，將各層次的聲調值類系統整理詳實，仍可收到以簡馭繁的效用。如同前述所言，當一詞出現兩讀或動詞、單位量詞因所搭配的賓語間接使得其聲母、韻母和聲調值三者後的層次出現矛盾時，其區辨標的應以聲調值為首。

4.專用詞語借詞屬同一層次

多音節專用詞語的借詞，例如白語族年節特別活動「殺年豬」、出嫁女兒生子後，娘家親友送米祝賀「送米客」、滇及洱海文化時期即流傳至今的「耍海節」、「火把節」、農曆七月十四日的「牛生日」及「送僵水飯」等，其漢語借詞各音節的聲母、韻母及聲調值類的對應規律一般位處同一層次。

5.借詞內部仍可細分三層次

基本而論，借詞在白語整體語音系統內將其獨立視之，可以分為三個大的層次理解：一是語族共同語時期借入、二是語支共同語時期借入，三是現代語言分化後借入。此種分類方式是就白語內部借詞源自於藏緬語族部分，若借詞是藏緬語族內共見的，其時間應早於彝語支內共見的，漢語借詞之時間不僅與白語整體語音演變相關，也與白語族整體詞彙使用有關，其能產性、穩定性及全民性的借源原則，使得白漢彼此間的接觸亦或干擾模糊未明。

6.音義對應仍配合歷史資料探查

以漢語上古、中古音的構擬音系及白語族歷代聚居地之歷史文化特色的漢語方音材料為重要輔助參照。例如白語自古底層本源詞基本把「蓋上」的「蓋」說成[p′ɯ31]的音讀，根據筆者探查上古時期漢語知識和白語族歷史文化特色可知，這個詞以重唇音為音讀是借自上古時期漢語「由上往下而『覆』」的語義表示，此字上古音讀為[p′ɯ]，而白語韻母為後高展唇元音[ɯ]正為[i]＋

[u]的結合，此外，「蓋」字在白語語音系統內亦有兩種層次，第一層即是滯古重唇語音層，第二層即是借入的漢語上古時期「蓋」字的軟顎舌根音讀[k′a44]表示。

7.詞彙組成結構

詞彙的構成結構亦是不可忽略的參照要素，白語特殊的「以義領音」及少數仍保留的「中心語前置」古詞彙結構形式皆需在分析時注意其變化。

總結而論，研究白語不可忽視「源」、「對應」和詞彙及歷史時代的「層次」概念，唯有兩者的定義區辨清析，才能突顯歷史層次分析的意義。

第四節　理論基礎與反思修正

根據研究動機和研究方法部分，仍有幾點反思補充需要再詳細說明：

（一）針對歷史比較法疏漏處之補充

由於層次演變形成語音演變的不整齊性，因此借助語音／語義對應規律，將其「對應」出相應的「規律」。需特別說明的是，本文雖不以構擬原始白語為研究目的，但在確認白語各歷史層次的借詞對應規律時，亦採用內部擬測法及利用這些規律，將屬於原始白語之本／自源部分額外單獨討論，並透過對應方法觀察其內部是否雜有漢源的疊置成分；此外，在尋求關係詞的同源對應規律及底層固有核心詞的過程中，亦同時採用方言同源詞比較法及歷史層次音韻及語義分析法，著重語言內部語音演變與歷史音韻層次彼此之間的交錯作用，以便藉由系統性的音韻及語義雙重檢視，將白語詞彙語音結構系統內關於語言變動與變異、因層次的引進，和詞彙擴散所產生的音韻變化等平行發展現象更精確解析。

（二）根據前人缺失再修正

研究雖是開創新局，也是站在前人的研究上更進一步精闢闡發，並獲得啟發與再深入研究的可能。因此，根據歷來研究白語層次分析部分之未盡處，分三點進行修正如下：

1. 關於白語詞彙結構的區辨及其性質與分類原則

「源」在白語內部主要有三層意義：本／自源、借／異源和同源。白語詞

彙的三源結構所表現出的語音演變現象，廣義而論即是白語整體語音結構的主體層次和非主體層次的語音形貌，主體層即是白語語音結構內的滯古語音層及普遍使用的基本語音類型；非主體層即是白語受漢語借詞影響而後起的相關語音類型。所謂本／自源即白語自身詞彙語音系統所呈現的語音結構現象，其同源和借源部分則具有層層疊置的多重現象；白語詞彙的同源定義及其判讀原則，主要依循王力在《同源字典》，開宗名義針對同源的定義有言：「凡是音義相近或音近義同、義近音同的字例皆爲同源字，廣義而言，這些在音和義具有相同或相近關係的字都有同一來源。同源普遍以一個基礎概念爲核心，而透過語音的細微差別或同音表示相近或相關的數項意念。」〔註75〕徐世璇及段泗英就王力同源定義的「透過語音的細微差別或同音表示相近或相關的數項意念」句，進一步提出此即指稱：「詞彙語音系統內的所具備的屈折關係」，〔註76〕此屈折關係在語音結構之聲母、韻母及聲調值內調合，白語在語音屬性上，接觸融合漢語方言及藏緬彝親族語之語音成分，在其詞彙語音系統內，亦具有此種透過語音屈折所產生的同源同族字。

白語內部借源於漢語借詞部分，依其地理位置及歷史時期的接觸可知，其上古層的借源當爲當時周邊的權威漢語方言——楚語，然而，上古時期南方楚方言實際語音現象已難以一窺全貌，但透過清代語音學家繫聯《詩經》韻腳並與南方文學典籍《楚辭》相較，其韻部泰半相同相類，可見南部楚方言於上古時期亦與中原官話方言語音趨於一致。因此，除了白語滯古本源詞彙結構外，針對白語詞彙內部來源於上古語音層的漢語借詞部分，筆者援用龍國貽區辨藻敏瑤語漢語借詞的方法〔註77〕，在判斷上古語音層的漢語借詞方面，將剔除能明確認定的中古語音層和近現代語音層的歷史層次部分，特別是近現代語音層部分，白語主要以直接音譯漢語借詞音讀而來，對整體語音演變判讀甚易且影響性並未如同古時來得動盪；由此可知，在能明確認定的中古語音層和近現代語音層部分，即屬於語音層次變化的超前層和主體層，保留於上古語音層內的

〔註75〕王力：《同源字典》（北京：商務印書館，1982年），頁3。

〔註76〕徐世璇：〈漢藏語言的語音屈折構詞現象〉，《民族語文》第3期（1996年），頁31～40，及段泗英：〈鶴慶白語的語音屈折構詞法淺析〉，《安徽文學·語言新探》第4期（2014年），頁103～104。

〔註77〕龍國貽：《藻敏瑤語語音研究》（上海：中西書局，2016年），頁123～126。

滯古現象者，即屬於滯古層之範疇。

　　因此，主要的區辨關鍵就在於中古語音層次部分，在上古語音層和中古語音層的區辨方面，本文在研究過程中，不僅參照古今學者的擬音，並依據白語語音系統「以義領音」的語音結構特徵，從歷史文化背景方面探尋字詞語義之本義和引申義，從擬音、語義及相關的語音屈折現象確立上古語音層次形貌，進而借入豐富多樣的中古語音層便能隨之而生，如此也成就白語詞彙系統內，具備豐富隱喻認知意義的特殊複合合璧詞現象，及四音格詞詞彙現象的產生。

2. 歷史層次分層概念的定義、性質及分類修正

　　分層的核心內容即是透過詞彙反應出的音節結構，來解構其各時期的語音演變現象，透過分層演變，才能一覽語言從古至今的演變概況。歷來研究白語的學者既有提出分層概念，但最終的研究卻是朝向系屬定位論、忽略「發生」乃詞源本身的三源屬性因接觸融合而產生重構、回歸與併合的現象〔註78〕，並非單純就考古人類學的角度即能論定，或是僅就容易掌握的現代漢語借詞部分進行層次討論，如此皆是未能實際運用層次概念研究白語既有的語源材料，筆者認為，歷來學者既已提出、但卻未詳盡論述，定有其理於其中，其理為何，這便讓本文研究具有再深究發掘的可塑條件。

　　針對歷史層次分析法部分，提出更加明確的定義說明：在語言結構系統方面，主要以語言結構內的「語音即音韻層次」進行研究，而白語語音層次的實際研究狀況又與詞彙層次有所關聯，因詞彙擴散鏈動語音擴散演變，一字多音形成的雙重層次現象，亦需再次透過語義深層對應予以明確。在年代劃分方面，戴黎剛和龔娜認為，根據地理語言學的觀點，所謂共時即相鄰方言間的差異是語言歷時變化的投影，亦是移借其他方言的語言形式與民族語本身語言形式形成疊置，而這種疊置現象亦反應語音演變的歷時變化即是指稱語言發展的不同歷史階段。〔註79〕因此，甚為詳盡的區辨方法，便是依據白語族與漢語接觸的

〔註78〕陳保亞：《語言接觸與語言聯盟》（北京：語言出版社，1996 年），頁 21、杜佳倫：《閩語歷史層次分析與相關音變探討》（上海：中西書局，2014 年），頁 459；本書又收錄於蔣紹愚主編：《清華語言學博書叢書》系列套書。

〔註79〕戴黎剛：〈歷史層次分析法——理論、方法及其存在的問題〉，《當代語言學》第 1 期（2007 年），頁 14～25、龔娜：〈漢語方言歷史層次研究的回顧與前瞻〉，《玉林師範學院學報》第 32 卷第 6 期（2011 年），頁 102～106。

歷史文化情形，配合其語音呈現的實際狀況，將其整體層次階段以年代劃分如下表 1-4 所示：

表 1-4　白語歷史層次分層與白語族歷史時期對應表

滇文化時期	洱海昆明時期	南詔大理時期	民家語時期	現代時期
上古時期 滯古語音層	中古時期 A 層 滯古與發展過渡	中古時期 B 層 語音演變發展層	近現代時期	
			西南官話語音	直譯漢語借詞語音
滯古層	滯古變動層	主體層		語音演變超前層
本族語	本族民族語過渡	語言轉用＋民族語		語言轉用＋雙語
主層 少量借層	主層、借層與變層疊置			借層和變層疊置
本源、同源和借源層層疊置				以借源和同源爲主

　　透過表 1-4 將各年代階段確立後，最後是來源方面的層次劃分依循。本文所論述關於白語的歷史來源層次，主要具備「語言系統內部自身的演變」和「不同語音系統彼此間的接觸影響」兩種類型，屬於潘悟云和李小凡所定義的「內部音變」及「借詞形成的音變」兩種歷史層次，因此，研究進一步採用潘悟云和李小凡的說法外，再加上喬全生的觀點〔註80〕，將白語詞彙三源結構置於「主層－借層－變層」的架構內，分別受到移借和演變的歷史層次影響。因此，透過「主層－借層－變層」的歷史層次分析架構可知，其主層只有一個，借層和變層則可能有多個，當受到各歷史階段的語言接觸影響，主層可能降爲變層，借層和變層也可能在語言競爭的作用下，進一步占據主層的位置成爲主層，針對白語的歷史層次分析，還必需依循對立原則和互補原則，利用方言文獻資料及不同方言間的比較來進一步解釋。

〔註80〕潘悟云：〈漢語方言的歷史層次及其類型〉，收錄於石峰和沈鐘偉編輯：《樂在其中
　　　　——王士元教授七十華誕慶祝文集》（天津：南開大學出版社，2004 年），頁 59～
　　　　67、李小凡：〈論層次〉，收錄於全國漢語方言學會第十四屆學術年會暨漢語方言
　　　　國際學術研討會之論文集（2007 年於浙江杭州舉行），另本文又收錄於郭錫良和盧
　　　　國堯主編：《中國語言學》第四輯內（北京：北京大學出版社，2010 年），頁 178
　　　　～195。潘悟云：〈歷史層次分析的目標與內容〉，此文收錄於丁邦新主編《歷史層
　　　　次與方言研究》（上海：上海教育出版社，2007 年），頁 22～35、喬全生：〈歷史
　　　　層次與方言史研究〉，《漢語學報》第 2 期（2014 年），頁 2～12。

3. 再次定義白語漢源詞的層次接觸定義

綜合龔群虎、陳忠敏、潘悟云、丁邦新及王福堂等學者針對「層次」概念給予的定義論及白語漢源詞研究〔註81〕，簡而言之即是白語不同時期與漢語接觸後產生移借與借貸後所形成的借源詞疊置，此種借源詞疊置的語音演變情形，具有異形詞或屬於同一古音來源的音類卻有不同的語音現象，本文題目的研究即是「屬於同一古音來源的音類卻有不同的語音現象」，「層次」直指異源層次且「異源詞」之源以漢語為主，更廣義定論之，即是來源《切韻》一脈的中原官話方言，現代漢源詞的來源則引入音譯（直譯漢語音讀）。

即便如此，然漢語自古以來便有不同方言，而白語在歷史脈絡的發展過程中，可能同時也經由不同的方言內借入漢源詞，也可能透過不同時期從不同的方言借入漢源詞，白語在此部分的語音現象，需透過複合合璧詞的詞彙結構觀察，其語言內部具本文分析，亦有包含江淮吳語官話及同屬西南官話的苗瑤語等成分；雖然如此，本文在此歷史語音的遺跡下，依據實踐而論，古漢語部分的參照基本依循《切韻》，並與其所代表的聲類、韻類和調類形成系統性的語音對應關係。

關於民族語漢源詞來源部分，屬於民族語性質的白語，其漢源詞的來源符合潘悟云所言，受到其所屬地理位置之南方方言層次來源影響〔註82〕，主要受到中原官話不同時期的語音積累而成，此外，在官話時期除了方言口語音讀外，官話書面韻書之音讀也是其語音影響來源。

識別漢源詞之「借」，運用戴黎剛和陳忠敏所提出的「異源成分鑑別條例」，將白語實際語音系統帶入條例進行分析。〔註83〕首先通過歸納區辨出音

〔註81〕 龔群虎：《漢泰關係詞的時間層次》（上海：復旦大學出版社，2002 年），頁 57～61、陳忠敏：〈語音層次的定義及其鑑定方法〉，此文收錄於丁邦新主編《歷史層次與方言研究》（上海：上海教育出版社，2007 年），頁 135～165、潘悟云：〈歷史層次分析的目標與內容〉，頁 22～35、丁邦新：〈漢語方言層次的特點〉，此文收錄於丁邦新主編《歷史層次與方言研究》（上海：上海教育出版社，2007 年），頁 187～196、王福堂：〈文白異讀與層次區分〉《語言研究》第 29 卷第 1 期（2009 年），頁 1～5。

〔註82〕 潘悟云：〈漢語方言的歷史層次及其類型〉，頁 59～67。

〔註83〕 戴黎剛：《閩語的歷史層次及其演變》，（上海：復旦大學博士論文，2005 年）、陳忠敏：〈語言的底層理論與理論分析法〉，《語言科學》第 6 卷第 6 期（2007 年），頁 44～53 及〈語音層次的定義及其鑑定方法〉，頁 135～165。

節結構內的「新增音位成分」，以此來鑒別語言內部的異源成分；白語受到西南官話「韻略且易通」的語音現象影響，基本是聲母多且變化複雜，韻母相對較少；因此，在大量借入漢語借詞的時候，白語所做的調整即是韻母由單元音裂化爲複合元音，亦有現代漢語借詞之三合元音現象，並在調類部分增加新興漢語借詞[35]、[32]調類；「借」直接影響音類產生多層次的疊置狀況，透過內部分析出基礎音義成分，新借詞和近現代借詞音義相類，老借詞則與上古和中古借詞的音義相類；再次透過內部分析相當數量的借詞，將其與中古音系標的《切韻》相對應比較，從中尋找彼此間的語音對應關係以便去蕪存菁，舉以中古《切韻》爲對應準則，是取其承上啓下且語音演變脈絡分明特點，以此承上啓下做爲語音比較之準，易能明確且系統性地歸納白語和漢語的語音對應關係，但不受限於此，特例之處除輔以語義深層對應外，亦參考漢語音韻史的研究成果確實考察。

第五節　論文章節安排

爲了在方言之間執行確實的對應對當工作，首先必須進行更多方言點的大量同源詞彙的對應比較，藉以釐清二點重要的音讀演變情況：一是異層合流同讀、二是層次競爭替代，由此建立白語各次方言的歷史音韻層次對應關係，透過白漢對音現象，將白漢深度接觸融合的語音現象如實構擬。在此完善的研究基礎上，才能更精確地從事白語整體詞彙語音系統之相關歷史比較分析。

因此，針對研究核心主題——白語漢源詞之歷史層次分析，以詞彙系統爲基礎，「以白論白」，及歷史層次內所產生的相關語音演變現象進行「溯源」，並探究其「重併」，主要分七章完整論述研究成果：

第一章緒論部分，針對白語「隔步不同音」的多元語音現象是其複雜語源結構的基礎，針對此進行研究，主要採用「語音／語義深層對應」及「歷史層次分析」等方法理論，進行各階段的歷史層次接觸構析說明。

第二章以古論今、亦以今溯古推源，從白語族起源史展開分析，由整體史觀架構明瞭白語族起源及其遷徙接觸狀況，才能明確梳理白語後續各歷史階層的詞彙本源、借源和同源現象；此外，本文亦在第二章的架構內，先就現代語音學的角度解析白語語音概況及其音節組合結構，從白語特殊的音節組合合璧詞現象發現，早期白語受到藏緬彝語甚至是漢藏語系親族語的借源詞彙，其詞

彙語音已縮小做爲底層老借詞層內保存，在層層疊置的語音現象內與新語音層並存。

　　第三章至第六章爲本文研究核心，主要以白語三大語源區內之特殊過渡語區之語源爲主要層次分析對象，第三章和第四章主要就白語聲母系統進行層次分析，白語聲母相當活躍，發展進程類同於宋代韻圖《四聲等子》，以牙音居首展開語音演變的層次推展，特殊的演變現象在異中仍求同，並依循語音門法而成，兼具滯古本源－存古與現代交會過渡（漢源／漢源歸化／借源）－現代借源現象，具有小舌音讀及特殊的擦音送氣現象，豐富的演變可謂受到藏語、彝語及漢語多重影響所致，但受到漢語做爲強勢語言的影響，藏語和彝語的接觸影響已成爲底層化石結構，然而，隨著漢語接觸在各時期愈加深入的影響，使得滯古底層也不在純然滯古，而受有漢語的滲透融合。此外，藉由分析聲母層次的語音演變發現，韻母特別是介音的條件制約影響，與聲母自源成分及複輔音遺留的相互作用，使得顎化作用和重紐，成爲影響白語聲母演變的重要因素，這也使得白語聲母通轉現象甚爲顯著；第五章針對白語韻母進行層次分析，首先整理自隋唐南詔歷史時期，白語族詩人的用韻概況，從用韻概況輔助理解韻母的重整演變情形，此外，白語韻母受到近現代明清民家語時期之本悟《韻略易通》影響，遵守「韻略」而後「易通」原則，將陽聲韻尾和入聲韻尾全數併合，陽聲韻尾並以元音鼻化表示，如此也讓白語韻母在陰陽對轉現象方面，體現類同成韻圖無所不轉的概念；第六章針對白語聲調值類進行層次分析，統計分析白語整體聲調值的分布概況，從滯古聲母及韻母之鬆緊，對應白語滯古聲調值層，逐層分析其聲調值類發現，白語的聲調值類已不分古今，其各調值類別已然混入漢語借詞的聲調現象，白語各語區並依據其語音屬性，分別針對漢語借詞新興聲調值類予以對應，以此兼顧自身語音並調和借入漢語的各項語音現象。

　　第七章總結本文整體研究成果概況，精要說明論文核心聲、韻、調的歷史層次語音演變分析研究成果，並提出白語的系屬定位，應當歸建於──漢藏語系「漢－白－彝語族」之「混合語系白語支」系統看法；最後，亦就本次研究之侷限及未來研究發展提出相關進程，除了拓展語法方面的層次演變分析外，將立足於維護「類瀕危少數方言」的基礎上，針對白語提出設計「白漢電子翻譯詞典」，做爲建構包括「白語語音合成語料庫」及「白語文獻語料

庫」兩類之「白語語料庫語言資源管理平台」，和針對白語區當地教學教科書，進行教學用的「自建小型白語教學語料庫」等建置規畫藍圖。

　　本文研究以白語語料所反應的確實現象爲立論根源，以公允客觀角度，進行白語漢源詞的語音演變層次分析探究，白語具備以義領音的語音特色，借入漢語古本義及引申義，並兼融本身滯古本義表示音讀結構，並以其滯古語音表示各時期借詞音讀，使得各分期同時具備古音和今音兩種語音現象，呈現出層次疊置以白漢對音爲主、白彝對音爲輔的語音多元風貌。因此，本文研究希冀在前人研究基礎上將白語的研究視野更加擴展，以宏觀角度爲後續白語研究提出引導新格局。

第二章　白族與白語：史地分析及音韻概述

第一節　白族歷史發展與白語起源

　　白族的地理位置和歷史發展脈絡，牽動白語和漢語及其他親族語間的語言接觸作用，語言接觸撼動白語整體詞彙語音發展史，白語歷史上四次重要的移殖民史，使得移借和演變不僅發生於族群融合和日常生活，連同宗教文化和語言彙等都產生移借和演變。

　　本章著重探討白族與白語的歷史拓展源流。藉由歷史演進梳理白族與各親族語間的遷徙和語言接觸關係，才能明確白語後續在各歷史階層的詞彙本源、借源和同源現象；再者，從現代語音學的角度，統整歸納白語內部三語源區的語音特徵，分析其音節結構、聲母類型、音位系統的搭配及相關音變現象；更從白語特殊的合璧詞、四音格詞音節組合發現，早期白語受到藏緬彝語及其他親族語影響的借源詞彙，其語音特徵和普遍性已縮小，成為底層老借詞層內的滯古成分，在層層疊置的語音現象內，與新語音層並存，或因詞彙重組而以新的語義再生。

壹、地理位置概況

地理語言區塊隸屬大理白族自治州為主流的白語族（Bai），屬於位居西南地區交通要塞——雲南（雲／滇）內一個重要的自治洲，在雲南發展史上有著決定性的影響性，由於地理位置影響，使得白族族源呈現複雜的混血樣貌，族源的混血也帶動白族相關的語言文化等方面，皆呈現混血多重性；特別是漢族，由於政治因素連同文化的移殖遷徙、經濟貿易交流，及與周圍其他各親族、部族間的互通等，種種因素都讓白族原始本族語、吸收外源詞而成的民族語，及語言轉用現象雜揉複雜疊置的面貌。

「雲南」，是一個以高原山地為主且地處西南方邊疆的省份，省會昆明及大理白族自治州的重要縣級市大理，在白族的發展史上皆有重要痕跡。詳觀地理位置圖可知（見圖 2-1 大理白族自治州地理區域分布圖）〔註1〕，雲南全境東部與廣西壯族自治區和貴州省接壤，北部則以金沙江為界與四川省毗鄰，因此，這一整個範圍若依據語言分區劃分，則屬於現代漢語方言中分布地域最廣且使用人口最多之——西南官話方言區，此區依據黃雪貞的研究劃分，另外還含括相鄰的湖北、湖南、廣西、陝西及甘肅等省區內的市縣區鎮，及江西省贛州市和信豐縣兩處亦歸屬此範圍〔註2〕；其西北方則與西藏自治區交界，西部與緬甸相鄰，南部與東南部則同寮國（老撾）、越南接連，其地理位置當屬中國連接東南亞各國的陸路通道，地理交通之便，間接促使族群遷徙移居成為常態，文化風俗的接觸融合更在歷史發展進程中創造出豐富多樣之貌，而白語族隸屬於雲南地區內，自然免不了接觸融合帶來的層層積累。〔註3〕

〔註 1〕 圖片來源於中國地圖之地之圖網：http://map.ps123.net/china/3328.html。

〔註 2〕 黃雪貞：〈西南官話的分區（稿）〉《方言》第 4 期（1986 年），頁 263～270。

〔註 3〕 以上白語族語區分布之地理概況簡述說明，筆者主要歸納總結整理於大理白族自治州概況編寫組編輯之《雲南：大理白族自治州概況》，（北京：民族出版社，2007年）。

圖 2-1　大理白族自治州地理區域分布圖

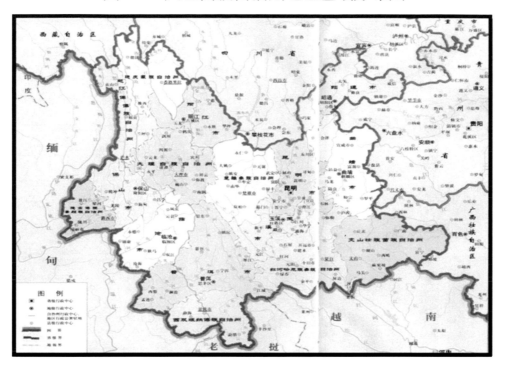

　　高山險阻的地理環境抵擋不了族群遷徙移居的動力，依據《中國語言地圖集》內方言劃分發現〔註4〕，雲南當地可謂是少數民族匯集地，屬於民族構成多樣化的省份之一，相對而言，其語言亦呈現數種類型。自元末明初西南官話形成後，雲南當地的內部各民族通用語言即是西南官話，此時的西南官話的來源基礎仍有江淮官話南京型特徵。明代肇始為便於統治，雲南當地語言學家依官話方言制定韻書系統做為規範，雖然如此，雲南內部仍同時並存各個少數民族的方言土語，例如：白語族所在的大理白族自治州其人口總數占雲南省總人口數 3.6%，僅次於彝族人口數 11%與哈尼族人口數 3.4%不相上下，由於少數民族及其方言為數甚多，使得雲南地區成為研究方言和少數民族方言土語接觸融合的重要寶藏地之一，其中又以白語區更是一塊研究瑰寶，特別是白族與漢族全方位的接觸融合，間接促動白語滯古底層再度活化，直接在滯古底層外的中古和近現代層，透過詞彙擴散讓語音擴散的層層疊置現象持續作用。

〔註4〕中國社會科學院語言研究所：《中國語言地圖集》（北京：商務印書館，2012年），
　　　頁 82～85。

貳、歷史發展源流

身為雲南少數民族內的一支，白族可謂具有豐富燦爛的歷史文化，不僅在雲南當地，甚至是中國歷史上都產生極為深遠的影響。白族之名何以稱白（Bai）？雖然目前已無從精確考證，然而根據歷史源流觀察，除了與當地風俗文化有關外，與漢文化長期接觸融合所形成的尚漢思維亦有關聯。白語複雜的語源結構，深受所處的地理位置，和農業文化起始的歷史發展影響。白族歷經從部落遷徒游牧至世居農耕、漢族分批移入及周圍語族文化交流等過程，樣樣都無法離開接觸融合的作用，特別是詞彙語音的接觸融合，對白語整體語音發展史的演變狀況，至今仍舊不斷深化。

知其所以必先知所以之成因。語言離不開人、社會和時空而獨立存在，要針對白語漢源詞進行相關歷史層次分析前，首要前置作業，必需先對白族及白語的源流發展加以釐清，這有助於輔助研究後續的歸類探討與解構說明；例如：為何白語區在北部方言區及少數中南部語區的疊壓過渡帶，例如：洱源、永平、賓川、蘭坪、巍山、鶴慶等地，其語言內部會與漢語有所差異？又為何會產生某些特殊語音現象？何種原因使得白語語源多元紛雜，形成日後對系屬定位眾說紛紜？

這些疑問需追本溯源，從白族歷史發展史得到釋疑。首先，這些地理位置居於過渡交界區和較遠離核心地的北部，早先屬於昆明之屬內部的游牧部族，以畜牧經濟為主、農耕為輔，與漢文化較少有接觸；然而，移民文化的強勢移殖，使得族群間的接觸融合，隨著統治階級帶入的官話方言（主要以漢語方言為主，依不同時代帶入不同官話方言，例如：《切韻》唐音、元明清官方韻書音等）、本族語（白語族語）、民族語（本族語＋移民者的漢語方言）、漢語官話方言、周圍親族各族語言，甚至是宗教信仰、經濟文化交流帶來的語言詞彙等，不斷在各歷史階段內交流融合，直接或間接都使得白語語源呈現複雜多元面貌，可謂「十里不同風、百里不同俗」、「十里不同音、百里不同調」之最佳寫照。

解決白語的複雜紛擾必先溯其「源」，知其源才能得其「變」。因此，本部分首先針對白族與白語的歷史起源概況進行詳細說明，將白語視為有機語言整體，先就現代語言學理論，全面統整白語整體音節結構概況，分析白語

與所處之雲南西南官話區和漢語的相關語音現象進行對應比較，以便釐清白語對漢語及官話方言的吸收調合，和語流音變相關規律原則，建立完整的基礎知識後，便能就白語詞彙語音結構，展開歷史層次演變分析。

　　關於白族歷史發展脈絡的說明，主要援用中國歷史年代表對應白族發展加以輔助說明，將兩者的歷史概況逐一對照比較，有助於明悉白－漢之間的「同、異、源、流、變」，了解漢語與白語接觸融合的關鍵時代點，知其族群起源屬於「同源異流」及「異源同流」兩者兼具的現象，同樣的現象也是白語詞彙語音結構具備的源流情況。

　　白族歷史發展演變脈絡與中國歷史年代對應分析，論述如下：

表2-1　中國歷史年代對應白族歷史起源源流表 [註5]

歷史	白族社會		中國朝代	白族重要事件		族源
白族起源暨發展史	新石器時代中晚期		新石器時代中晚期	信史時期：游牧部落進入世居農耕		原始土著民族（夷、越、濮）
	滇文化	1・新石器時代中晚期　2・青銅器時代	新石器時代中晚期	1. 大理馬龍遺址 2. 賓川白羊村遺址	農耕文化	
			夏朝	3. 劍川海門口遺址	農耕青銅過渡	
			商朝	西洱河蠻之前身，白族最早源頭：洱海民族。約莫夏朝中葉至商末周初之際，洱海地區形成「洱海新石器文化」，以定居的稻作生產為主，同時兼有紡織、捕魚和狩獵等地方經濟類型。 →由此可知：居洱海地區的民族為雲南最早存在的原始農耕民族，且洱海一帶的農耕文化已邁入青銅器文化		
			西周			
			春秋戰國			

[註5] 表2-1以白族的歷史發展脈絡為核心，搭配漢族歷史朝代進行說明。需特別說明的是，本表採精譬式重點解析白族從成族至現今的歷史活動概況，因本文並非針對白族的歷史進行研究，故相關歷史源流不做詳細論述。本表資料來源除了筆者田調訪查外，另外查詢整理參考以下數本史料書籍，以便更加詳實精要說明白語族歷史形成源流，例如：馬曜：《雲南各族古代史略》（昆明：雲南人民出版社，1977年）、方國瑜：《中國西南歷史地理考釋（上）》（北京：中華書局，1987年）、張旭：《白族四千年》收錄於《大理白族史探索》（昆明：雲南人民出版社，1990年）、龍中：《雲南民族史》（昆明：雲南人民出版社，1994年）及楊堃：〈試論雲南白族的形成和發展過程〉一文，收入於李家瑞等編著：《雲南白族的起源和形成論文集》書內，（昆明：雲南人民出版社，1957年）。

			→邁入青銅文化的洱海區域並存兩種文化現象，皆屬於昆明之屬： （1）農業文明：洱海地區的新石器文明 （2）畜牧經濟：游牧民族	
			4. 祥云大波那遺址 5. 楚雄萬家壩遺址 第一次移民：楚國末年莊蹻入滇稱王	農耕－青銅文化
洱海、昆明文化	秦朝		1. 透過《史記》記載可知，秦始皇統一六國，並在現今雲南當地開通「五尺道」通過四川，強化雲南與中原的聯繫，並設立黔中郡。 →昆明最遲至秦時已和中原地區有交通往還及政治經濟聯繫，更是中印交通要道上重要的樞紐。 →此時亦是雲南有記錄以來第一次接觸融合來自華夏的移民。 2. 西漢對雲南（西南夷）經營與開拓邁入新階段。西漢武帝於元封二年降滇，置益州郡和24縣，且益州郡所屬兼有昆明地。 →主要活動部族為嶲唐和昆明兩部，稱之昆明夷，活動於洱海區域一帶（相當於爾後雲南郡範圍），至此，洱海區域成為重要的文化中心和交通集散樞紐，深受漢文化影響。 3. 昆明之屬內部產生聚合分化： 因中原內部政治動盪阻斷秦漢以來移入雲南各地的漢民族與蜀地和中原的聯結，為求生存，漢族移民與原土著居民（昆明之屬）相互融合，因此，在社會經濟發展不平衡的狀況下出現： （1）白蠻部族：昆明之屬內從事農業生產的部族與漢族移民融合而成。（漢化深）→初唐形成「白子國」 （2）烏蠻部族：昆明之屬內從事游牧生產的部族，因少與漢族移民融合，故仍保有自身文化特質。（漢化淺）→昆明之屬可謂白族源主要來源之一。 4. 西晉動亂，蜀民南入，這批移民亦融入當地土著民族群內；東晉至隋初，雲南與內地的實質性聯繫已經中斷，較大規模的移民運動也就停止了。 5. 南詔十賧：重啓溝通橋樑，形成官方溝通語言——白蠻語；佛教密宗成為南詔及主體居民白蠻的共同信仰。	白族繼承（葉榆蠻）；嶲、昆明之屬
	西漢			
	東漢			
	魏晉南北朝			
	隋朝～唐初			

| | | | 隋至初唐時期，南詔統一政權出現，「十賧」重啟白蠻和烏蠻的聯繫，此時，又一批漢族移民及西爨白蠻移入洱海地區，與原居的白蠻和烏蠻部族雜居，白蠻化後使各族差異較微，最終聚合爲新的民族共同體。
6. 初唐時期居民來源：
（1）昆明在史籍內改以昆彌國稱。
（2）西來的哀牢融入。
（3）東來的僰（古羌族別種）融入。
（4）漢代以來已著籍雲南的漢族漢姓移民後裔，然而，此住民著籍洱海已久，早已成爲蠻夷化的土著民居；三國時期蜀漢落難晉民（漢人）避難移居於此。經考究得知，當時代的此些土著漢移民，現今主要居處於目前的大理、賓川、彌渡、祥云等地一帶。
（5）西洱河蠻。
（6）西爨白蠻：西爨白蠻爲叟，與昆明同屬，此支與河蠻非同屬。
7. 初唐時期實際管理政策：
　對雲南採取羈縻政策，所以這一時期進入雲南的移民很少，多是前期早已移居此地之住民。
8. 初唐時期的「白蠻」，其內部保留許多漢族姓氏，例如：爨、李、朱……等，爨姓爲大姓，由漢姓轉爲白族姓氏，並成爲白蠻首姓，後爲簡省筆畫而改寫爲「寸」。
9. 南詔中後期形成新的民族：白族（白人） | |
| 南詔、大理文化 | 唐中葉以降～宋元時期 | 1. 白族形成重要標誌：南詔時期
（1）白語→以初唐時期的白蠻語音爲基礎。
（2）白文→借用漢字創造文字。
（3）本主信仰→南詔時期因社會經濟以安定的農耕發展爲主，及與漢族深入接觸，受到漢族儒家思維、佛教與道教觀念影響，進而形成屬於自身之本主信仰思想，並以母性文化爲首要價值，此種思想至明代民家語時期達到極致。
（4）蓮池會與母性文化→近現代時期的白族文化內的母性文化思想受到「蓮池會」影響，與父性倫理的宗族家法意識並存於社會。
2. 唐中葉玄宗時與南詔關係惡化引發多次戰爭，大批漢族俘虜被掠至此地形成奴隸，這 | 白族、民家 |

			批漢族奴隸後來融合到當地民族（主要是白族）內，但漢語方言仍未形成。
			→漢語方言雖無法形成，但漢族人首度與白族人融合。
			3. 南詔亡後 36 年段氏成立大理國
			→南詔及大理國時期，作為統治者的白族逐漸將勢力擴張至雲南各地，並向雲南各地移民：形成白族化傾向（大理之屬）
			4. 宋朝時期，白蠻對漢文化無條件吸收融合，並藉由漢文化建立與宋朝的藩屬關係。
			5. 元朝於雲南設立雲南行省，置各級行政機構，並在雲南當地開展軍事和民間屯田及少量商屯。
			6. 正式以「白」作為族群稱謂：
			→元朝正式確立以「白」作為白族稱謂，代表具有共同地域、經濟、語言及文化的族類共同體。
			7. 元末明初之時，西南官話逐漸形成，雲南當地隸屬於西南官話區，且其原始的方言基礎為江淮官話南京型。
	民家語文化	明清時期	1. 明代設置衛所軍事屯田。
			2. 白族喪失主體地位
			→白族在明代，隨著大量中原漢族移民遷入且漢族移民逐漸土著化影響下，白族喪失在雲南當地為主體民族的地位，降次與區內其他土著民族等同，成為雲南當地的少數民族之一。
			→住民都是外來漢人且當地土著民居也逐漸融入漢人內。
			3. 白族地位：明中葉以降始稱民家 洱海地區的白族在接受漢文化的同時，亦將自己稱呼為「民家」。
			4. 明末時期，西南官話的語音標準大抵成形。
			5. 清朝在西南一帶實施「改土歸流」政策，使其內部產生擴散式移民現象。
			→加速西南官話的擴張與整合，以簡潔的音系優勢向外擴張
			6. 民家語時期之民家語腔，現今仍在湖南地區所群居的白族內部保留，稱之為桑植白族／桑植白語，但與現今雲南大理白族自治洲所群居的白族用語已有差異，湖南地區的桑植白族民家語腔調，普遍受到江淮官話之江西贛語影響。

| 白族近代史 | 新白語時期 | 民國成立迄今 | 復興白語相關工作：
1. 積極推展白語各區相關的方言調查工作，並擬定基礎方音及標準音。
2. 推動白文方案及推廣漢白雙語的白語教學工作，「白語母語爲主、漢語爲輔」，以推展華語文教學的概念進行復興白語的教學計畫。
3. 漢語借詞仍持續接觸融合，融合狀況以「擬聲」直接音譯爲主。 | 恢復白族之稱 |

透過白族歷史起源發展脈絡進程的解析，有三點內容必需再次深入述明：

（一）關於雲南西南部族自古「蠻」稱的定義

所謂「蠻」者，乃是對於南方甚或西南民族的統稱，切莫看做是具體民族的專用名稱。自昆明之屬內部分出白蠻及烏蠻肇始，「蠻」字便與雲南西南民族產生密不可分的關係。然而，整理歸納歷來諸多文獻資料可知，例如：方國瑜、高光宇、日籍學者林謙一郎、李東紅、龔自知及林超民等歷史學者們的研究顯示〔註6〕，「白蠻」與「烏蠻」不是具體族名的專有名稱，而是泛指不同文化類型的人們共同體之泛稱，而這群不同文化類型的人們，即是同一族系中，不同集團間或同一地區族系間，社會經濟文化、風俗習慣及漢化程度的高低文野及深淺之差；白蠻較之烏蠻在社經風俗及漢化等方面，都來得進步深入且對本身固有特質已多所改易，因此，又有烏蠻生蠻與白蠻熟蠻之別。

然而，有一點值得注意的是，烏蠻（東爨）和白蠻（西爨）同屬「爨蠻」群族，具有共同的語言及社會風俗信仰，其主體爲漢晉時期的「叟人」，此人種爲今彝族先民，如此顯示白族族源與彝族有親族關連，這也使筆者在調查與分

〔註6〕方國瑜：〈略論白族的形成〉及〈關於烏蠻、白蠻的解釋〉二文，均收錄於李家瑞等編著：《雲南白族的起源和形成論文集》（昆明：雲南人民出版社，1957年），頁44～50及頁115～119、高光宇：〈論白語的語言系屬問題〉此文收錄於李家瑞等編著：《雲南白族的起源和形成論文集》（昆明：雲南人民出版社，1957年），頁93～100、龔自知：〈關於白族形成問題的一些意見〉此文收錄於李家瑞等編著：《雲南白族的起源和形成論文集》（昆明：雲南人民出版社，1957年），頁36～43；林謙一郎：《白族的形成及其對周圍民族的影響》（昆明：雲南大學歷史所博士論文，1957年），頁20～23；李東紅：〈從考古材料看白族的起源〉《中央民族大學學報（哲學社會科學版）》第31卷第1期（2004年），頁72～78；林超民：《林超民文集》（昆明：雲南人民出版社，2008年），頁272～273。

析時意意到，除了漢語做為強勢語言在本區的影響外，彝族文化的根源影響仍需多加留心，即便其語源已形成滯古現象或僅使用在特殊語境，白族和彝族的接觸交流仍不容忽視。

（二）歷史發展配合語言接觸理論

歷史發展和語言接觸有著密不可分的關連性。將白族歷史發展脈絡配合語言接觸理論，深入觀察白語與漢語歷來的接觸融合可知，白漢的接觸融合主要主要以「語言彼此接觸後產生的結果」為立論核心，立論點說明：使用白語這特定語言的個體或團體（本族語），同時間又熟悉並使用一種以上的語言（民族語：本族語融合漢語而成），透過語言接觸促使熟悉過程中產生同質或異質層次的擴散演變。

白族在歷史上主要以二種方式進行語言接觸交流：

1. 以相同空間方式進行

相同空間的不同方言，因人們日常生活頻繁接觸，經由口語交際自然而然的接觸交流，例如：白語內部北中南三個方言土語間的交流、白語與漢語或周圍親族語言間的官方用語和日常口語交際，亦屬於地緣或跨地緣間的地域性接觸。

2. 不同的時空交流方式

藉由文字記載或商人使者傳播、傳世文獻翻譯之間接非自然接觸交流，例如：白語在先秦兩漢至南詔大理成立前、南詔大理統一白族至宋元時期、明清軍民屯大量移民形成雲南少數民族漢語方言時期，及民國成立迄今四次重要的接觸交流。

（三）總結語言接觸影響下的白語族語源發展

雲南漢語方言的形成當與移民有密不可分的關係，位處雲南大理白族自治州區域的白語族亦然。白族在歷史發展的過程中，特別是跟漢族接觸，共有四次重要的接觸交流，主要與白族歷史上三次重要的大規模移民活動有關；第四次現代漢語的接觸交流為文化交流，不論是移民遷徙或是文化交流，皆是與漢語以強勢語言，逐漸深化侵蝕白語內部既定音韻結構的影響有關，四次重要的接觸交流如下說明：

1. 春秋戰國時期：第一度移入先秦時期漢語詞彙

春秋戰國時期，楚威王派將軍莊蹻攻打巴蜀黔中一帶，莊蹻入滇稱王，此時帶入「少量」的漢族移民（即春秋戰國時期漢人前身：楚人、秦人）並逐漸融入當地夷狄土著生活，然而，由於移居少量，漢語（即楚語，由原始漢語與藏緬語和苗瑤語所構成）此時對於雲南民族語言（因白語族此時尚未形成並以白族自稱，因此仍以雲南稱之）並未產生極大影響。

2. 西漢武帝時期：第二度較大規模移入漢語詞彙

西漢武帝元封二年派兵攻打滇，並置益中郡治理，此為雲南史上第二次漢族移民，此時較之第一次移入人口頗為大量，除了僰人西遷成為構成白族重要分支外，此時派駐益中郡士卒多從西北及巴蜀叟人募集而來（還有部分秦、楚、晉豪民及戰犯），因此，兩漢至魏晉時期此地的族源不僅有漢族及第一次移入早已與當地土著融合之漢族（楚人、秦人），更有巴人、蜀人及叟人，主要居於滇東北、滇西和滇中一帶。

時至三國時期，漢文化在雲南當地相當發展，至初唐時期南詔統一洱海地區，唐中葉至宋大理王朝接續統治，不論政治如何改易更迭，漢族人口仍持續大量移入當地，唐天寶年間安史之亂時，唐朝派軍征討南詔，使得漢文化對雲南當地的影響與深化更甚以往，促進雲南當地吸收大量漢語詞彙及唐音形成。

3. 元明清屯田制：第三度較大規模移入漢語詞彙，官話影響音韻結構

根據吳積才對雲南當地的調查研究顯示〔註7〕，元明清三代肇始，漢族人口移入雲南更甚前期，此因可歸結於元代施行的屯田制度，此制使諸多漢人移往雲南定居，使雲南自南詔、大理國時期持續的白族化中斷，漢文化再次廣泛深入雲南當地進行接觸融合；移居規模最盛時期為明初時之軍籍移民，而明代的軍籍移民制度對於雲南當地的漢語方言形成亦起了重要的關鍵性。

4. 民初至現代時期：第四度較大規模移入漢語詞彙，直音直義

第四度較大規模移入漢語詞彙則為現代階段，主要以直接音譯漢語音讀為主，亦有音譯與義譯相結合的語音結構形式，目前仍持續進行，本文主要探討白語語音詞彙之歷史層次演變現象，探尋的重點主要以滯古－上古時期

〔註7〕吳積才等編著：《雲南漢語方言志》（昆明：雲南人民出版社，1989年），頁4。

至近現代時期為主，現代階段以直音直譯借入部分，將視探討分析所需擇要輔助論述。

　　回溯白族歷史發展史，自兩漢歷經唐中葉至宋代，對於滇東北及滇西、滇中的移民開拓，已逐漸從根本改變整體社會概況，改變了漢族和少數民族間的人口分布比例，更重要的是，大量的漢族移民為雲南帶來了各具特色的漢語方言詞彙，與春秋戰國和西漢武帝時期的漢語交融過程，形成層層積累的古漢語特色，來自不同歷史階段的不同漢語方言，甚至是其他周圍親族語詞彙，在原底層詞的基礎上又形成底層詞或新老借詞成分，複雜疊置難以確實劃分，也讓白語內部詞源混血現象更甚其他語言，這也使得歷來研究者，產生對於白語詞源總是略而不分，對於層次演變亦難以明確其時代分層，關於系屬定位研究所依據的語料來源，總是先有自我的觀念立場後，才搜羅相關語料推論等顧此失彼，似詳非詳、似確非確的論點，然而，這種透過移借滲透和演變競爭形成的獨特疊置混血詞源，正是白漢間由「本族語－民族語—雙語—語言轉用」流程，批次堆疊交融而成，交融後在各歷史階段產生的語音演變現象，正是本文研究要討論的主要核心，也是完整勾勒白語語音史和漢語語音史的重要關鍵。

　　綜合白族發展歷史可知，漢文化早在白族成族之始，影響便如影隨形，雖然描述的背景不同，但白漢彼此間的接觸融合歷程，與晚唐司空圖詩〈河湟有感〉有著異曲同工之處：「一自蕭關起戰塵，河湟隔斷異鄉春。漢兒盡作胡兒語，卻向城頭罵漢人。」〔註8〕因此，對於白族所在地——雲南大理白族自治洲內的漢族文化，依其來源屬性可以統稱為移民文化，何以如此稱之？這是因為，歷史上白族所居洱海地區，原本乃是蠻族（西洱河蠻）聚居地，漢族是不同時期因政治或社會環境等因素移居遷入，漢族剛遷入時，使用的語言仍是原居住地的方言，抵達定居後，漢族移民面對的是完全不同的語言環境，由於交流所需，而與當地土著積極產生音韻結構和詞彙語法結構的接觸融合；另一方面，這些移民者懷抱對漢語母語的忠誠、對家鄉的思念，或是移居前所使用的語言現象與當前並無相當的關連等內外在原因，這些內外在的影響，都會促使這些移居者，在自我口說語言內保留這些與家鄉有關的

〔註8〕司空圖詩作摘引自孫育華：《唐詩鑒賞辭典》（北京：北京燕山出版社，1996年），頁908。

語言現象，這些被移居者保留的語言現象，因爲是突然隔斷與原來語言的聯繫，沒有跟上遷出地的發展步伐，久而久之，這些留存的口說語言便成爲語言活化石，而白語內部對於這些歸類爲古漢語的語言活化石之保留，總結可分爲三類：第一類爲秦漢時期的古漢語詞彙、第二類爲隋唐宋元時期，及第三類爲明清時期書面口語詞彙的遺存；這也是爲何諸多古語詞彙雖未見於漢語，卻得以保留於白語詞彙系統內的原因，當中內含的特殊文化信息及「詞彙－語音」演變現象，都值得再次審視分析。

更進一步發現，白族歷史上四次重要的接觸交流，連帶也牽動著白語的語音演變現象，簡言之，白語的音變類型，可謂受到史地分布和發展概況及語言接觸的影響而來；在歷史接觸的前提下，詳述白語在歷史上因「接觸引發語音演變」的四次過程，主要搭配詞彙分層概念說明：

（1）第一次語言接觸：滯古底層詞未保留，時間歸入上古春秋戰國時期。

（2）第二次語言接觸：滯古底層本族語和民族語融合，以白漢、白彝爲詞彙移借大宗，時間歸入兩漢至魏晉南北朝時期。

（3）第三次語言接觸：大量漢源詞彙深度接觸，時間橫跨中古中晚時期，採用唐音音韻和詞彙系統，呈現官話漢語唐音和民間用語漢彝混融的類雙語現象。

（4）第四次語言接觸：漢源詞彙持續影響，彝藏語形成化石化，時間發生在宋元明清之民家語時期，政經文教勢力強勢帶入漢語唐音之北方共同語、成批量的生活日常文化詞彙移入，官話音讀對白語民族語的音韻產生另波的音韻調整；至現代漢語時期的音讀移入，形成白語白讀層和漢語文讀層的文白層次雙語現象。

熟知白族與白語的歷史發展脈絡後，本章接續的探討焦點，將從現代語音學的角度入手，從白語音節結構進行共時音變現象分析，針對白語特殊的複合合璧詞結構，從其組合來源，拆解語言部件分析各語言部件的來源屬性，及相關的音變演化現象。

第二節　白語聲母演變及結構特徵

白語內部廣義區分，基本呈現兩種語言現象：白語北部語源區及中部部分位處近北部的過渡語區，語音型態保有白讀白語音和音譯漢語文讀音之雙語特

色，部分南部近中部語區地，亦有此語音過渡特徵；白語南部語源區及部分中部語源區，以借入漢語音讀爲主，並調合轉化自身語音系統本有音讀現象而成的音讀模式，及音譯漢語音讀兩種詞彙音讀爲使用特色。本小節將從白語聲母的演變進程及其音節結構特徵展開探討。

壹、聲母演變

白語內部形成語區內自體語音差異的原因，深受語言接觸和史地的源流發展有關，特別是白語和漢語糾結不清的語音借貸融合。白語與漢語的接觸借用與轉用干擾，是經由數次的語言接觸產生層次疊置而成，然而，白語由語音整體而分化（此處所指之分化，乃以指稱白語語音系統內部的分化現象），主要受到內部兩股語言力量相互角力所致：其一是藏緬彝親族語接觸性的音韻干擾，主要深化爲白語北部語源區及少數中部位處過渡語區，仍然保有較爲滯古的語音現象，此滯古的語音現象並與後來陸續移借入白語語音系統內的漢語音讀層次不斷調整，形成雙重層次結構來源；再者，即是從古至今一波波南下的漢語音韻系統，隨著時代演變帶來不同時空的漢語官話層次，白語接觸吸收後再以自身音韻系統將漢語官話現象揉合調整，形成符合自身民族語特色的白語音系。

因此，在白語聲母演變部分，將從時間點切入研究，從歷史時間的分層概況進行分析，針對白語從歷史時代肇始，歷經「滯古－上古時期」、「中古時期 A 期和中古時期 B 期」兩階段，至「近現代時期」特別是明清民家語時期，及白語文化集散地「昆明」和「大理」爲主的西南官話區之整體聲母演變概況，依據霍凱特提出「語言是一個複雜的習慣系統」原則，主要在「對立互補」原則、「語音相似」原則、「模式勻整」原則及「經濟」原則的架構下〔註9〕，將有別於以往將白語分別依據單獨語區單點、或單一音韻特徵進行討論，而是將白語視爲有機整體，總體歸納白語區內部，根據地理區域及語音差異所劃分的北部、中部和南部三土語方言之聲母音位系統，將三語區的聲母特徵完整置於同平面觀察，透過發音部位和發音方法分析相關的語音現象。簡要說明研究觀點相關執行步驟如下：

〔註9〕 〔美〕霍凱特著、索振爾及葉蜚聲譯：《現代語言學教程》（北京：北京大學出版社，
　　　　2002 年），頁 103～110。

在此研究觀點上，首先第一步，以上古時期音系爲參照、中古時期《切韻》音系爲基礎，列舉白語在明清民家語時期所歸屬的所在區域：雲南西南官話區爲主，條分縷析歷來西南官話語區，相關官話韻書所反應的聲母現象進行演變歸類，並以白語區歷史時期文化發詳地「昆明」和「大理」語區語音爲代表，此兩區可做爲白語位屬西南官話語區的語言代表區域，從「中古時期《切韻》音系－西南官話相關韻書演變－文化集散地『昆明』和『大理』」系列的聲母演變情形，與白語進行對應比較。〔註10〕

從語音歷來演變的對應現象基礎上，第二步再依據本次調查語料，及白語相關的方言調查報告進行統整分析，將白語內部三方言土語整合成完整語言總體後，從中古至現今，將白語語音系統不分北部、中部和南部，而是以整體的白語區聲母演變現象，完整分析並整理如下表 2-2-1 所示；第三步再從演變脈絡，依序分析白語聲母反應出的相關結構特徵及語音演變現象。

確定分析步驟後，依循時代脈絡，論述關於上古音系、中古《切韻》時期爲對應參照，至元明清以降之西南官話語區聲母，與今白語昆明、大理語區之聲母對應狀況，需特別說明的是，經由語音對應分析後，實際而論，清代的西南官話大致延襲明代的西南官話系統，因此，分析表內聲母系統演變的整理概況，仍然謹列舉明代語音爲主，其中的韻書《馬氏等音》時代屬於明末清初的語音現象；此外，在官話系統外，仍值得一提列入對應比較者，即是明代特殊的軍屯移民制度，使得雲南西南官話也留有軍話遺跡，這部分在列表後文補充說明處，將以表格對照方式，將軍話與白語語音較爲特殊的部分予以對應比較。

表 2-2-1 統整歸納以上古音系及中古《切韻》爲基礎，至整體白語區之雲南西南官話區迄今昆明、大理語區之聲母系統演變對應概況如下分析：

〔註10〕表 2-2-1 以白語區之「昆明」和「大理」語音爲代表做爲語音演變脈絡點，其原因在於白族在隋末唐初的「洱海－昆明文化時期」，其白蠻與烏蠻族群爲白族原土著居民，自稱「昆明之屬」爲白族主要發源區；再者，隨著唐中葉以降，白族漢化深入進入「南詔－大理時期」，自稱「大理之屬」，亦成爲白族漢化階段的文化發源地。因此，本表 2-2-1 筆者整理的語音演變脈絡對應語源點，白語區主要以之今「昆明」和「大理」語音做爲說明，此兩區可視爲白語位屬西南官話語區之代表地域。相關歷史源流說明，可參見本文本章表 2-1「中國歷史年代對應白族歷史起源的分析」表內論述。

表 2-2-1　中古《切韻》暨元明（清）以降之西南官話語區聲母與今語昆明/大理語區聲母對應表

上古音系（王力 33 聲母）	中古《切韻》	蘭茂《韻略易通》	本悟《韻略易通》	葛中選《大律》	馬自援《等音》	林本裕《聲位》	《形聲通》	《西儒耳目資》	《華音捷徑》	昆明音系	大理音系
聲母	聲母	聲母	聲母	聲母	聲母	聲母	聲母	聲母	聲母	聲母	聲母
（幫非）p	幫（並仄）	冰 p（b）	幫 p（b）	幫（並仄）p（b）	幫 p	幫 p	班 p	百 p	巴補不 p	比巴 p	布別 p
（滂敷）p'	滂（並平）	破 p'（p）	傍 並 p'（p）	傍（並平）p'（p）	傍 p'	傍 p'	攀 p'	魄 p'	盤皮怕 p'	琶芳 p'	怕盤 p'
（並奉）b	明	梅 m	明 m	明 m	明 m	明 m	蠻 m	麥 m	媽買目 m	媽忙 m	門麻 m
（明微）m	非敷奉	風 f	非奉 f	非敷奉 f	非 f	非 f	翻 f	弗 f	飯府夫 f	法費 f	飛胡 f
（端知）t	微	無 v	微 v	微 v	微 v	微 v	（橫）v	物 v		ø（u/w）	文五 v
（透徹）t'	端（定仄）	東 t（d）	端 t（d）	端（定仄）t（d）	端 t	端 t	單 t	德 t	大答動 t	達堆 t	到奪 t
（定澄）d	透（定平）	天 t'（t）	透定 t'（t）	透（定平）t'（t）	透 t'	透 t'	灘 t'	特 t'	同他突 t'	他湯 t'	大同 t'
（泥娘）n	泥	暖 n	泥娘 n	泥 n	泥 n	泥 n	難 n	搦 n	拿努牛 n	那內 n	怒年路 n
（來）l	來	來 l	來 l	來 l	來 l	來 l	蘭 l	勒 l	拉路來 l	拉蘭 l	
見 k	見（群仄）	見 k（g）	見 k（g）	見（群仄）k（g）	見 k	見 k	干 k（g）	格 k	姑骨高 k	姑個 k	貫鋼階 k
溪 k	溪（群平）	開 k'（k）	溪群 k'（k）	溪（群平）k'（k）	溪 k'	溪 k'	看 k'（k）	克 k'	庫苦開 k'	去康 k'	開揩 k'
群 g					疑 ŋ		（汗[ŋ]）	額 ŋ	安愛傲 ŋ	（ɣ）	岸鵝 ŋ/（ɣ）

上古音系（王力33聲母）	中古《切韻》	蘭茂《韻略易通》	本悟《韻略易通》	葛中選《大律》	馬自援《等音》	林本裕《聲位》	《形聲通》	《西儒耳目資》	《華音捷徑》	昆明音系	大理音系
曉 x 匣 ɣ（喻三）	曉匣	向 x（h）	曉匣 x（h）	曉（匣）x（h）	曉 x	曉 x	頂 x（h）	黑 x	哈呼灰 x	呼黑 x	灰化鞋 x
照 ʨ 莊 tʃ	知莊章澄船崇（仄）	枝 tʃ	知照 tʃ	照知（澄床仄）ts（z'）	照 tʃ	知（照）tʂ	醸 ts	者 ts	珠眨州 ts 家假同 tɕ	知蒸 ts 精經 tɕ	精經 tɕ
穿 ʨ' 初 tʃ' 床 ʣ 山 ʃ 俟 ʒ	徹昌初 澄船崇（平）	春 tʃ'	穿床 tʃ'	穿徹（澄床平）ts'	穿 tʃ'	穿 tʂ'	揣 ts'	撦 ts'	茶出齒 ts' 窮掐橋 tɕ'	吃昌 ts' 招期 tɕ'	秋齊 tɕ'
神 ꭥ 審 ɕ 禪 ʑ	生書禪（船母部分）	上 ʂ	審禪 ʂ	審（禪）ʂ（sh）	審 ʂ	審 ʂ	山 ʂ	石 ʂ	燒沙樹 ʂ 下夏虛 ɕ	沙石 ʂ 西消 ɕ	休修 ɕ
日 ȵ	日	人 ʐ	日 ʐ	日 ʐ	日 ʒ/ʐ	日 ʐ	然 r（ʐ） 日 ʐ	日 ʐ	燃熱肉 ʐ	日讓 ʐ	
精 ts	精（從仄）	早 ts	精 ts	精（從仄）ts（z）	精 ts	精 ts	栽 ts	則 ts	雜走坐 ts	子最//鐘 ts	祖照 ts
清 ts' 從 dz	清（從平）	從 ts'	清從 ts'	清（從平）ts'（c）	清 ts'	清 ts'	餐 ts'	測 ts'	醋插草 ts'	擦崔 ts'	倉昌 ts'
心 s 邪 z	心邪	雪 s	心雅 s	心（邪）s	心 s	心 s	（珊）s	色 s	三所算 s	思生 s	
影 ø 喻 ʎ（喻四） 疑 ŋ	影喻疑（零聲母合口呼）	一 ø	影喻 ø	影喻疑 ø	影 ø	疑（疑 影）ø	安 ø	一 ø/ŋ 開口呼 ø	阿一五 ø	安而言 翁 ø（ŋ/j/ʔ）	言爲魚 而 ø（ŋ/j/ʔ）

表格內容說明：

（1）《形聲通》於清光緒 31 年（1905）由雲南大理府人楊瓊和李文治合著。

（2）20 世紀肇始由傳教士所撰著，代表雲南方言語音現象之韻書——《華英捷徑》原文至今未得見，此處歸納表所引音節，當採用千葉謙悟〈華音捷徑音節表〉、莊初升和陽蓉及陳偉整理說明為主，〔註 11〕此外，亦參考楊時逢《雲南方言調查報告》內之昆明及大理音系、〔註 12〕陳希《雲南官話音系源流研究》，〔註 13〕為其歸整出音系系統及拼音情況；由於表內另一本韻書《西儒耳目資》亦屬明代西方傳教士金尼閣所著；因此，表內將《華英捷徑》和《西儒耳目資》二本韻書置於同處對應，並以雙線與其他韻書音系相隔，《西儒耳目資》音系採用曾曉渝〈試論《西儒耳目資》的語音基礎及明代官話的標準音〉整理。〔註 14〕

（3）《華英捷徑》在聲母塞音及塞擦音方面，採用[p-p′]/[t-t′]/[k-k′]和[ts-ts′]/[tʂ-tʂ′]/[tɕ-tɕ′]區辨其送氣與不送氣，除了[tɕ-tɕ′]較不具系統性外，其餘皆呈現完整的互補系統性；舌根聲母[k]組除了少數音節，例如：給[ki33]（已產生顎化現象）外，都還是與洪音相拼合為主並與[tɕ-tɕ′]互補；與雲南西南官話

〔註 11〕 千葉謙悟：〈華音捷徑音節表〉《中國語學研究》開篇第 26 期（2007 年）、莊初升和陽蓉：〈傳教士西南官話文獻的羅馬字拼音方案〉《文化遺產》第 2 期（2014 年），頁 115～126、陳偉：〈華音捷徑音系研究〉《古漢語研究》第 1 期（2017 年），頁 60～66。然而，根據筆者研究整理相關資料發現，學者研究傳教士韻書《華英捷徑》時，普遍將此韻書語音性質歸屬於「雲南西南官話」，但亦有學者將《華音捷徑》與四川官話韻書《西蜀方言》對應比較認為，《華音捷徑》作者 Edward Amundsen（漢譯「阿蒙森」）在書內所說，其所調查記錄之「西部方音」應為「四川官話」。據此筆者認為，《華英捷徑》歸屬於雲南亦或四川對本表的對應影響不大，依據白語族分布的地域而論，白語族雖以雲南大理白族自治州為主要居處地，但仍有少部分白語族分布於貴州畢節地區和四川涼山州等地，因此仍歸在此演變對應脈絡內討論。

〔註 12〕 相關內容總體整理自楊時逢：《雲南方言調查報告》（臺北：中央研究院歷史語言所出版，1969 年）。

〔註 13〕 相關內容總體整理自陳希：《雲南官話音系源流研究》（天津：南開大學博士論文，2013 年）。

〔註 14〕 曾曉渝：〈試論《西儒耳目資》的語音基礎及明代官話的標準音〉《西南師範大學學報（哲學社會科學版）》第 1 期（1991 年），頁 66～74。

大致相同的是，舌尖鼻音和邊音相混情形顯著，例如：「能／難／男／年」等舌尖鼻音字，既讀[n]又讀邊音[l]；此外，語音系統屬於江淮官話南京型為主的《西儒耳目資》，其聲母系統與昆明、大理語音系統相較，其在中古的微母、知莊章日母、精見組聲母及疑母字與昆明、大理語音較有差異外，其他聲母都具有較為規律的對應關係。

（4）明末葛中選《太律》記載雲南官話方言系統，除韻書外並配合韻圖呈現，本表依據《續修四庫全書・經部・樂類》第 114 冊內之韻書及韻圖版本整理歸納，其聲母的語音現象有：全濁音聲母清化現象，塞音和塞擦音依據平聲送氣且仄聲不送氣原則，擦音則歸化為清擦音現象；知莊章三組聲母已發展為翹舌音讀，只拼開口和合口及洪音；幫滂二母送氣分明；審禪二母和日母發音部位未合流；微母獨立；影喻疑三母合流；尖團音不分。〔註15〕

（5）明清時期雲南西南官話特殊語音現象——軍話。

根據林超民在其文集內所記錄，有明一代，由軍屯、民屯、商屯、仕宦、謫戍等形式進入雲南的漢族移民，其總數已達 300 萬左右。〔註16〕所謂「軍屯」，即是指軍隊平時無戰事時，除了從事基礎訓練外，也在當地從事農耕生產；戰時則肩負軍事任務，如此作法主要目的是為了自己自足，節縮軍旅開銷，明清兩代在雲南推行的大規模軍隊屯戍和民屯相結合的辦法即屬於此性質。因此，這些軍屯移民的官話系統與西南官話融合後，便發展出同中有異的語音現象，但基本仍保明官話方言的語音特徵。

明代雲南西南官話之軍話與白語聲母語音現象之對應：〔註17〕

〔註15〕〔明〕葛中選：《太律》收錄於《續修四庫全書・經部・樂類》第 114 冊（上海：上海古籍出版社，2002 年）。

〔註16〕林超民：《林超民文集》（昆明：雲南人民出版社，2008 年），頁 189～190。

〔註17〕軍話資料查詢於丘學強：《軍話研究》（北京：中國社會科學出版社，2005 年），頁 51、鄧楠：《祁門軍話研究》（北京：北京語言大學碩士論文，2006 年）、曾曉渝：〈明代南直隸轄區官話方言考察分析〉《古漢語研究》第 4 期（2013 年），頁 40～50、劉春陶：〈崖城軍話的類型特點及其形成原因初探〉《海南大學學報人文社會科學版》第 31 卷第 6 期（2013 年），頁 70～75。

語源區 語音現象		白語	軍話	現 象 說 明
聲母之平－翹舌對立		－/+	－/+	1.白語聲母平翹舌本不對立，中古中晚期受到漢語借詞影響，逐漸形成對立。 2.軍話則有平翹舌對立及平翹舌不分二種現象，受到韻母元音影響，韻母元音為舌尖元音時則平翹舌對立分明，反之則僅有平舌音。翹舌聲母普遍為合口韻字，除舌尖元音外的開口韻字則普遍為平舌音。
舌尖鼻音和邊音對立		－/+	－/+	1.白語在舌尖鼻音[n]和邊音[l]（泥母－來母）具相混情形，且在洪音和細音前普遍未區分；受到漢語借詞影響逐漸對立分明，也有例外相混未對立分明的情形，例如：金墩白語內的現代漢語雙音節借詞「討論」之「論」，即以舌尖鼻音[n：nuə̃55]表示，相同情形亦有「車輪」之「輪」，其音讀為舌尖鼻音[n：nuə̃31]表示。 2.軍話之鼻音（[n]泥母）和邊音（[l]來母）在洪音前不對立，例如「拿[nɑ55]」；細音前則對立，細音前除了讀邊音外，亦有讀為[ȵ]音現象，例如「年[ȵiɛ55]」、「涼[liã55]」。
尖音與團音對立		－	－/+	1.白語尖團音不分，但在構詞形成偏正定中結構時，則語音形式為舌面音顎化。例如康福白語內的雙音節詞源「風箏：pĩ55 tɕĩ55」、「吊喪：tiau55 tɕĩ55」；另外在重疊式複合形容詞、單位量詞，詞綴詞組增添羨餘詞等結構類型時，亦有舌面音顎化的語音現象，例如：「門牙：tɕĩ31 mĩ35 tsʅ31」、「老鷹：ta31 ka31 tɕĩ35」（[tɕĩ31]和[tɕĩ35]為羨餘詞）、「鼻涕：pi31 ɕi31」、「山頂：so55 tɕĩ35」、「昨天：tɕĩ35 ji55」、「單位量詞『場』：ɕĩ33」，副詞「總是：tɕĩ55 ɕĩ42」。 2.軍話具有不分尖團音及尖團音對立兩種語音現象；特別在見系開口二等部分，形成文讀顎化舌面音，白讀未顎化之舌根音。
知莊章音讀				1.白語：舌尖[ts]/[tsʼ]/[s]和翹舌[tʂ][tʂʼ][ʂ]塞擦音不對立，即精莊知章皆讀[ts]/[tsʼ]/[s] 2.軍話：知二莊組多讀如[ts]，例如「茶[tsʼɑ55]」、「師[sʅ11]」；知三章組則部分讀[tɕ]、部分讀[ts]。例如「詩[sʅ11]」、「住[tɕy213]」、「醜[tsʼəu35]」。
其他現象	聲母清化			1.白語：白語語音系統內已融合漢語濁音清化現象，少數詞例如「掉」和「乖」仍有清音濁化至濁音清化的過渡現象；在送氣與否方面，白語仍保有自身語言特徵，特別保有其滯古擦音送氣語音現象，同時也吸收漢語濁音清化之送氣條例，在語音系統內呈現兩種類型。 2.軍話：古全濁聲母清化。今讀塞音及塞擦音聲母則平聲送氣、仄聲不送氣，例如「爬[pʼɑ55]」、「白[pe42]」；亦有少數仄聲送氣例，例如：「簿[pʼu35]」。

疑母音讀	軍話在疑母音讀部分，開口一等和二等普遍讀舌根鼻音[ŋ]、開口三等和四等則讀為[n̻]，例如「我[ŋuo35]」、「藝[n̻i213]」；合口不分等第普遍讀為[ø]，例如「瓦[ua35]」。白語則無此語音現象。
日母音讀	軍話在日母音讀部分，洪音前讀[z]音，遇介音[-u-]則與日母本身的[-i-]結合形成撮口音[y-]，例如「如[y55]」、「軟[yɛ 35]」；細音前則讀零聲母[ø]或[n̻]，例如「熱[ze42]」、「弱[n̻io42]」；止攝日母字則讀為[ɚ]，例如「二[ɚ213]」。白語則無此語音現象。
影母音讀	軍話在影母音讀部分，開口一等和二等普遍讀舌根鼻音[ŋ]、開口三等和四等則讀為[ø]，例如「愛[ŋɛ213]」、「秧[iã11]」；合口不分等第普遍讀為[ø]，例如「蛙[uɑ11]」。白語則無此語音現象。

表 2-2-1 完整將自中古《切韻》時期起始至元明清以降，白語區所處之雲南西南官話聲母演變過程予以呈現。在此聲母演變的基礎上，將依循現代語音學原理，進一步分析白語現代音韻結構反應出的整體聲母系統概況，以發音部位和發音方法歸類為表 2-2-2 所示：

表 2-2-2　白語整體聲母系統拼音對照分析表〔註 18〕

發音部位　＼　發音方法		唇音		舌尖音			舌葉音	舌面音			小舌音	喉音	顎化輔音	圓唇化輔音
		雙唇	唇齒	舌尖前（平舌）	舌尖中	舌尖後（翹舌）		舌面前	舌面中	舌面後（舌根）				
塞音	清 不送氣	p			t	ʈ				k	q	ʔ	pi pj	ku kʷ
	清 送氣	pʻ			tʻ	ʈʻ				kʻ	qʻ		pʻi pʻj	kʻu kʻʷ
	濁	b			d	ɖ				g	ɢ		bi bj	

〔註 18〕表格編排說明：本表 2-2-2「白語整體聲母系統拼音對照分析表」內，在塞音、塞擦音和擦音部分標上「灰色底」表示送氣的語音現象，及帶有齊齒細音[-i-]和合口圓唇[-u-]音的語音現象，特別是擦音部分具有送氣的語音現象更是白語聲母系統有別於漢語聲母的一大特色，並關連著白語聲調值的滯古調值現象；無擦通音和半元音部分亦是影響白語聲母產生語音變化的主要關鍵，即產生了顎化輔音和圓唇化輔音的形成；此外，還需特別說明者為聲母系統內的舌葉音部分，此舌葉音在雲龍諾鄧和雲龍白石等語源區內仍保有之，但此舌葉音在白語語音系統內已分別歸屬於舌尖翹舌音和顎化舌面音內，此處在表格內列出，將有助於完整呈現白語聲母系統的整體現象。

發音方法		清濁												
塞擦音	清	不送氣		ts		tʂ	tʃ	tɕ					tsi tsj	
		送氣		ts′		tʂ′	tʃ′	tɕ′					ts′i ts′j	
	濁			dz		dʐ	dʒ	dʑ						
鼻音	濁		m		n	ɳ			(ɲ)	ŋ	N		mi mj	ŋu ŋʷ
顫音	濁													
邊音	濁				l									
擦音	清	不送氣	f	s		ʂ	ʃ	ɕ		x	χ	h	si sj	xu xʷ
		送氣	f′	s′		ʂ′	ʃ′	ɕ′		x′				
	濁		v	z		ʐ	ʒ	ʑ		ɣ	ʁ		zi zj	
無擦通音	濁									j	w			
半元音	濁		w			ɻ				j	(w)			

　　透過表 2-2-2 白語全語區聲母系統拼音對照表的對應分析後，關於白語聲母的發音部位和發音方法搭配作用下的結構特徵，有二項內容需加以釋疑解說，並就白語詞彙語音系統具有的特殊現象舉例說明：

（一）聲母清濁與送氣之對應：

　　「清濁對轉」的語音演變現象有二種類型：第一種類型為主流屬性的濁音清化，產生條件為濁阻音清化及清續音濁化即〔註19〕：[s]、[ʂ]和[ɕ]屬於自然的普遍演變；第二種類型為支系屬性的清音濁化，產生條件為清阻音濁化及濁續音清化即：[m]、[n]、[l]、[z]、[ŋ]及半元音[j]和[w]，屬於條件式的局部演變。隨著語言的活化使用，濁音清化成為主流，清音濁化逐漸弱化消失；然而，這二種清濁對轉產生的語音演變現象，在白語語音系統內皆產生作用，並隨著與漢語深入的接觸影響，清音濁化例已罕見於語音系統內，而是被濁音清化例所取代。

　　對照白語聲母語音系統發現，白語聲母具有清濁對立及送氣與不送氣對立的特徵，特別是聲母清濁對立現象，經由歸納白語聲母系統發現，白語聲母在

〔註19〕清續音濁化和濁續音清化之「續音」：所謂「續音」，本文在此處說明的定義是表示，發音時氣流未形成阻塞可以順利通過者。

塞音、塞擦音及擦音具有清濁對立的語音現象，在一般的語言環境之下，特別是聲調調值為高平調的塞音和塞擦音，其濁音（包含全濁、次濁）甚為顯著，此對立現象對字詞義的區辨有相當影響性，特別是語音結構出現聲調相同的情形時，聲母清濁、送氣與否甚至是元音高低等條件，便肩負起辨義之用。例如：詞例「繩」、「字」和「書」三字詞，在白語內部的語音現象呈現差異極微的相似性，特別是詞例「字」和「書」，在白語詞彙系統內視為同義詞，調查時分別以「字」和「書」探尋，其語音呈現在北部語源區，反而受到漢語借詞滲透影響，而能區辨其語音反差，試看下列表 2-2-3 所列語音對應狀況：

表 2-2-3　濁音清化過程語音對應狀況

例字	中古聲紐	共興	洛本卓	營盤	辛屯	諾鄧	漕澗	康福	挖色	西窯	上關	鳳儀
書	書開三	si55	su55	sv55	so44	sղ35	si24	so55	si55	si55	sղ55	sղ55
字	從開三	tsɯ42	dzũ42 zũ42	dzղ42	so44	sղ35	si24	so55	si35	si35	sղ35	sղ35
繩	船開三	so44	suo44 su44	s'o44	sou44	su33	sao44	s'au44（緊）	sou44	so44	sou44	so44

透過「詞例「繩」、「字」和「書」語音對應歸納表」，所列舉的音讀概況進一步分析發現，白語詞彙語音系統內將「書」和「字」視為相同的語義引申關係，字組合成書，書更是「知識」的來源，因此「字」、「書」和「知識」同樣以相同的語音結構表示；此外，在白語北部語源區表示「字」的音讀以塞擦音呈現者，源受有上古漢語音讀[dzĭə]影響所致，且以濁塞擦音和擦音為聲母的結構表現；白語詞彙「繩」的語音現象，由語音結構的搭配狀況觀察，此字以「繩，索也」之本義「索」表示其語音，換言之，白語詞彙系統接觸融合漢語語義進入自身的詞彙系統時，因為先借源「繩」之本義「索」為之，因此，其語音現象即以「索」表示。再次針對「詞例「繩」、「字」和「書」語音對應歸納表」解析，此三詞例的相關語音對應說明為：

字例	白語內部聲調值語音現象	聲母清濁	濁音清化過程
書	55、44、35、24：借詞調值	書母全清	保持清音 s
字	55、42、35、24：借詞調值	從母全濁	清化過渡 dz/z→s
繩	44、33：借詞調值融入滯古調	船（神）母全濁	濁音清化合流於 s

透過上列語音對應關係的整理可知，白語詞彙系統內的此三詞例皆屬於

源自於漢語借詞之詞例，有借入語義影響語音表現者，亦有因音譯而影響語音的現象。例如白語北部語源區對於「字」的音讀現象；白語現代音語音系統對於濁音的處理，除了北部的方言土語仍呈現清化過渡外（保有濁音現象也有清音現象），中部和南部的方言土語現代音語音系統已趨向濁音清化的合流狀態，辨義功能逐漸弱化，即[＋濁音]音段合流為[－濁音]音段且[－響音]、[－延續]音段特徵產生改易，這是因爲白語長期與漢語深入接觸融合所致，濁音清化現象在白語聲母語音系統內進行調合，使得清濁對立的程度已逐漸弱化消失趨向清化並合流於清音內，形成辨義上的困難，此時必需找尋其語源本質才能釐清問題癥結。

　　白語語音系統內部除了受有濁音清化影響外，仍有一種特殊的語音演變現象，即是清濁對轉的支系特徵：「清音濁化」的語音現象，屬於「條件式的局部演變」現象，例如詞例「蒸」：

漢譯	韻攝	中古聲母	中古韻目	中古聲調	開合	等第	清濁	共興	洛本卓	營盤	辛屯	諾鄧	漕澗	康福	挖色	西窯	上關	鳳儀
蒸	曾	章	蒸	平	開	三	全清	diɯ55 tiɯ55	ʈũ55	tũ55	tɕĩ55	di55 dze55 tʂɯ35	tsɯ24	tsũ55	a31 tsʅ44	a31 tsi44	a31 tsʅ44	a31 tsi44

　　詞例「蒸」在白語詞彙語音系統內相當特殊，排除借自漢語音讀的漕澗和康福外，透過北部方言區共興的語音可看出此詞經由濁音[diɯ55]清化爲清音[tiɯ55]，辛屯和洛本卓聲母受介音條件制約影響而顎化，諾鄧由塞音塞擦化並以濁音爲主，清濁塞擦音爲漢語借詞音讀；較爲特殊者爲挖色四語區，此音讀[a31 tsʅ44]，[a31]爲無義詞綴，[tsʅ44]釋義爲「子」，結合表示詞義爲形容詞表示眾多義，與其他語區表示動詞「氣體上升貌」不同，此詞例即透過語音表示不同語義和詞性之例，也表現出聲母清濁音演變的語言現象。

　　藉由觀察白語詞彙系統反應的語音特徵可知，白語語音系統內，實際的語音演變過程，亦具有：「濁音清化後再逆反產生清音濁化」的語音演變現象，例如：古端系和見系即有此種語音演變現象。以下舉出端系字白語詞例「掉」和見系字白語詞例「乖」爲例，做爲說明此種「濁音清化後再逆反產生清音濁化」的語音演變現象：

漢譯	韻攝	中古聲母	中古韻目	中古聲調	開合	等第	清濁	共興	洛本卓	營盤	辛屯	諾鄧	漕澗	康福	挖色	西窯	上關	鳳儀
掉	效	定	嘯	去	開	四	全濁	tua42	tua42 ȵi31	tua42 dua42	tou42	ɡuɯ21	liao44 tou42	tua42（緊）	tio44	tio44	tio44	tio44
乖	蟹	見	皆	平	合	二	全清	ua55	ua55	ua55	t'ã31	dʑy21	ȵv33 ȵi42 ko33	t'ã31	ȵio44 ȵi55 kuo21	tɕy21	tɕy21	ȵio44 ȵi55 kuo21

　　白語詞彙語音系統內的「古端系字」因「濁音清化」形成聲母「塞音送氣與否」之別，歸納白語語音系統，不論古端系字的語音變化現象，古端系字在現今白語語音系統內有兩種主流層音讀：第一種是舌尖清塞音不送氣[t-]和送氣[t'-]；第二種是同部位的舌尖濁鼻音[n-]和舌尖邊音[l-]。然而，在同部位舌尖濁鼻音部分進一步又發現，白語內部在北部語源區和中南部語源區所採用的，是舌尖後翹舌鼻音[ȵ-]和舌尖濁鼻音[n-]的聲母對應現象；例如：白語詞彙系統內的詞例「掉」，其語音變化便屬於這類「先『濁音清化』再逆回『清音濁化』」的語音演變範例。詞例「掉」在金墩語區呈現漢語借詞音譯[tiau44]音讀，透過其他語區的音讀表現可知，此例雖然屬於白語借源自漢語借詞的詞例，白語借入後，卻又依據自身的自源語言現象加以調合，例如漕澗的語音[liao44]與金墩相類，聲母為同部位的舌尖塞音[t-]和邊音[l-]，這與發音者的發音習慣有關；北部營盤語區此例清濁語音並存[tua42]－[dua42]，亦是反映此例語音清濁演變的過渡痕跡；再者，透過北部語源區之洛本卓語音，其音讀形成舌尖後翹舌鼻音「[ȵ-]：[ȵi31]」與清塞音「[t-]：[tua42]」對立，由濁音舌尖後翹舌鼻音「[ȵ-]：[ȵi31]」探源，此音似反應「掉」的古本義「搖」而形成的語音演變，清塞音[tua42]則是借自漢語音讀的改易及引申義而來，透過詞彙擴散誘使語音擴散，再形成清濁相互濁化與清化的語音現象。

　　此外，又如詞例「乖」，此例雖屬於古見系字例，然而，透過語音歸納表的音讀現象可知，其語音現象與見系普遍的音讀相去甚遠，似與端系較為親近且與詞例「掉」的演變類似，然而，詞例「乖」的語音結構，在白語內部是受到「合璧構詞」的影響，例如：在共興、辛屯、漕澗、挖色和鳳儀等語區仍保有合璧特徵，主要的構詞結構以描述「小孩外部舉止很乖」的樣貌以表示其音讀現象，其構詞先由多音節再逐漸趨向單音節演化，此外，在語音演變方面，亦屬於「先『濁音清化』再逆回『清音濁化』」的語音演變範例，詞例「乖」為白

語自／本源詞例，音讀受類化作用影響，處於語音「『清音濁化』又從『濁音再度清化』」的語音，甚至構詞結構的演變過渡階段。

白語語音系統除了「清濁對轉」現象之外，在送氣與否部分，內部呈現不對稱現象，在塞音、塞擦音和擦音的「清音」部分，才有區分送氣與不送氣音，「濁音」則未見相對應的區分，將之視為不送氣音，歸納為獨立音位。白語語音系統內，送氣與否的音位對應及相應例字，主要統整歸納出以下 14 項音位系統：

①雙唇塞音不送氣：躲避[pia35]；雙唇塞音送氣：到[pʻia44]

②舌尖塞音不送氣：挑／登[ti44]；舌尖塞音送氣：挑／擔[tʻio44]

③舌根塞音不送氣：裁（衣）[kɛ42 (緊)]；舌根塞音送氣：牽（牛）[kʻɛ55]

④翹舌塞音不送氣：長[ʈõ31]；翹舌塞音送氣：糠[ʈʻõ55]

⑤小舌塞音不送氣：夾[qa42]；小舌塞音送氣：渴[qʻa44]

⑥舌尖前塞擦音不送氣：擠（奶）[tsue33]；舌尖前塞擦音送氣：擠（人）[tsʻue33]

⑦舌面前塞擦音不送氣：多[tɕi55]；舌面前塞擦音送氣：淺[tɕʻĩ33]

⑧舌葉塞擦音不送氣：連接[ʧa21]；舌葉塞擦音送氣：聽[ʧʻɛ55]

⑨翹舌塞擦音不送氣：眞[tʂʅ35]；翹舌塞擦音送氣：紅／赤[tʂʻɛ33]

⑩唇齒擦音不送氣：肚／六[fo44]；唇齒擦音送氣：蜂[fʻõ55]

⑪舌尖前擦音不送氣：鬆[sõ55]；舌尖前擦音送氣：順[sʻõ31]

⑫舌面前擦音不送氣：錫[ɕi55]；舌面前擦音送氣：笑[ɕʻi31]

⑬翹舌擦音不送氣：深[ʂʅ55]；翹舌擦音送氣：實[ʂʻʅ35]

⑭舌葉擦音不送氣：修理[ʃɯ35]；舌面後擦音送氣：咧[ʃʻi21]

⑮舌面後擦音不送氣：天[xe55]；舌葉擦音送氣：天[xʻe55]

觀察白語語音系統內送氣與否的音位對應關係，其中亦透露出 3 點需要再次強調說明的問題：

1. 關於白語語音系統內的特殊音位部分

白語特殊的舌葉音聲母現象，目前僅在雲龍白石語源區仍有此音讀特徵，然而，白語排除雲龍白石語區外，實際的語音狀況，則是將此舌葉音併入舌面前音及舌面後翹舌音內，形成相同的發音部位，但發音方法不同的聲

母相互對應；表格內標以灰底色者表示其發音屬於白語語音系統內的滯古特殊發音現象。

2. 關於一字具備雙重聲母形式方面

表格內詞例在舌尖塞音[t]的部分，需特別說明的是在北部洛本卓語源區之詞例「挑／擔」在聲母部分恰好具有送氣與否之語音對應現象，其舌尖塞音送氣的聲母現象即源自於上古漢語「透」母字送氣成分而來，且其韻母主元音並由單元音裂化為複合元音形式，而其舌尖塞音不送氣的聲母則為其自身方言的語音現象表現；另外，關於舌葉送氣音[ʃʼ]之例字「咧」，此字釋義為「嘴向旁邊斜裂張開，表示口微張的動作」貌，舌尖後送氣音[ʂʼ]之例字「實」，此字屬於近現代漢語借詞例，表示雙音節詞「老實或誠實」之「實」的語音現象。

3. 整體語音現象說明

藉由所舉例字可以發現，白語與漢語相同，都有透過送氣與否並配合聲調值的不同表示不同的語義，不僅如此，白語也經由韻母主元音的高化或前化承載不同的詞例語義，如此承載漢語借詞的語義特性也強化自身的詞彙語音系統。

（二）是否具有複輔音：

白語聲母系統以單輔音為基礎，例如：（1）肚子[fo44]／（蜜）蜂[fõ55]、（2）桃子[ta31]／炭[tʼa31]；然而，白語聲母系統是否具備複輔音，此問題牽涉如何定義白語特殊聲母現象：「顎化輔音」和「圓唇化輔音」內的介音定位。

半元音性質的介音多出現在民族語言內，白語即是一例，半元音對於白語語音系統有顯著影響。半元音兼具元音和輔音兩種性質，因此，由半元音透過音位變體現象而產生的半元音介音，同樣也兼具元音和輔音雙重特性。根據劉廣和針對佛經梵漢對音材料的研究顯示[註20]，中古漢語原有元音性介音[-i-]和半元音性介音[-j-]及元音性介音[-u-]和半元音性介音[-v-]/[-w-]，雖然此半元音性介音的語音現象在現代漢語內逐漸消失，但是，此種對立現象在白語語音系統內卻仍然得到保存，此外，梵漢對音材料內的[-y-]（顎化半元音）、[-r-]和[-v-]（前有輔音則讀為半元音[-w-]）音，莫不影響白語的顎化介

〔註20〕劉廣和：〈介音問題的梵漢對音研究〉《古漢語研究》第 2 期（2002 年），頁 2～7。

音和合口介音的持續發展。

雖然白語音讀系統內，半元音性質介音以[-j-]最爲活躍，然而，仔細觀察白語語音系統實際狀況發現，此種半元音性質的介音在白語內部有二條發展途徑：

1. 置於輔音之後：

半元音性質的介音[-j-]的第一條發展路線是置於輔音後的位置。其來源可視爲「複輔音後置輔音」的位置，也就是此種半元音輔音[-j-]或[-w-]/[-v-]作爲介音置於輔音之後，而做爲介音之用與輔音關係更爲密切，屬於輔音性質，亦可視爲是原始藏緬語複輔音之遺跡，時至中古亦受有梵文影響。

2. 置於主要元音前：

半元音性質介音以[-j-]的第二條發展路線是在「主要元音前」衍生而來。此種半元音輔音[-j-]或[-w-]/[-v-]衍生於「主要元音前」的位置，以[-i-]、[-u-]、[-y-]之元音性介音屬性置於其他元音之前，與其他元音以複元音型態呈現，屬於元音性質，並以[-i-]和[-u-]的拼合能力較強，[-y-]的拼合能力相較之下較弱。

二條路徑並非獨自發展，而是相互影響，特別是半元音[-j-]或[-w-]/[-v-]在音位系統內強調其輔音性質，與雙唇音、舌尖前及舌尖中和舌根音搭配後，因韻母條件制約影響，誘使顎化作用因運而生，形成聲母唇齒音顎化、齒齦音顎化、擦音顎化等現象，形成顎化輔音和圓唇化輔音，受到漢語借源詞影響，依據語音性質，逐步由單元音趨向裂化複元音型態發展。例如：以白語詞例「八」和「瓜」加以說明，試看下列白語音讀舉例：

漢譯	韻攝	中古聲母	中古韻目	中古聲調	開合	等第	清濁	共興	洛本卓	營盤	辛屯	諾鄧	漕澗	康福	挖色	西窯	上關	鳳儀
八	山	幫	黠	入	合	二	全清	tɕuã44	tɕua44 tʂua44	pia44	piã44	pia44	pia44	pia44(緊) pa35	pia44	pia44	pia44	pia44
瓜	假	見	麻	平	合	二	全清	p'v44	p'o44	qua55	xo42 vu42	k'ua35	kua44 tɕi55 kua44	kua55	kua35	kua35	kua35	kua35

透過語音歸納分析，簡要將白語詞例「八」和「瓜」的普遍語音結構整理爲以下發展路線：

（1）八[pja44]/[pia44]➜[tɕua44]/[tʂua44]：[pa35]（漢語借詞音讀，以[35]
表示）

（2）瓜[kwa55]（[kua35]）－[tɕi55kua55]（增添舌面音顎化音節）－[xo42]
－[vu42]

二條詞例的新生聲母皆屬於顎化作用下的讀音。詞例「八」的雙唇塞音聲母，其雙唇音本源即具有圓唇合口音，使得唇音聲母和介音[-j-]產生第一度的舌面音顎化作用，形成還原本源雙唇音的合口音的音讀[tɕua44]，當舌面音自源的介音[-i-]第二度自體顎化且又與介音圓唇[-u-]再次進行顎化作用，便形成翹舌音[tʂua44]，這時介音[-i-]歸併聲母而還原合口圓唇音[-u-]做爲介音出現於音節結構內，形成看似突兀不合音理的語音現象，但卻是符合白語語音結構的重要音變程序，然而，這個還原的[-u-]介音在音理上與白語韻母單元音格局不相容，元音[-a-]做爲古六大元音演變起始，在語音結構上排擠[-u-]介音，又因爲受到漢語借源詞音譯外源影響，在本身語言的內源和外源雙重調合之下，[-u-]跟隨原本[-i-]介音的腳步第二度脫落，形成聲母＋主元音的語音形態；詞例「瓜」同樣也是受到顎化作用影響，「瓜」產生舌根音喉音化和唇齒化的顎化影響，進而產生舌面後擦音[x]和唇齒擦音[v]的音讀現象，詞例「瓜」和「八」在演變過程中略有不同的是，韻母在主要元音部分，「瓜」受到合口音讀影響而保留圓唇音，「八」的合口圓唇[-u-]介音在演化過程中逐步弱化脫落，又受到漢語借源詞音讀影響，形成開口元音的語音成分。

需要特別說明的是，半元音性介音[-v-]在白語語音系統內亦能以自稱音節單獨使用，或與唇齒音聲母[v-]和[f-]及舌根鼻音[-ŋ]構成音節。因此，白語聲母系統在滯古上古時期及中古時期 A 與 B 層的過渡時期，應保有原始藏緬語複輔音之遺跡，爲擬複輔音現象，再由此擬複輔音透過音韻演變規律及漢語複合元音的影響，逐漸由單元音裂化爲複元音發展。

貳、結構特徵

本部分將白語語音結構，分爲音位變體和語音對應現象分析說明。

（一）音位變體現象

描寫白語聲韻調結構特微，首先要解釋何謂音位及音位變體現象。綜合整理黃伯榮、王理嘉、孫仁生及賈寶書等學者們的論點進行論述說明：廣義「音

位」是語音研究中的一項重要概念,包含聲位、韻位和調位;所謂「音位」,是屬於沒有獨立語音形式的一級語言單位,其從語音的社會功能角度劃分出來,從音素這種音位變體中被歸納出來,用以指稱語言或方言內能「區辨意義」的最小語音單位。因此,「音位」即是從具體音素中抽象概括出來的功能音類,並以「區辨意義」的立論點對客觀存在的實際音位變體──音素分類;所謂「音位變體」,即是一個音位內所包含的不同的音,在特定語音環境中的具體體現,亦是音位在各種語音環境內的實際發音〔註21〕,而白語語音系統內的音位變體現象,即具備語言的地方變體及言語變體兩類特徵〔註22〕,究此可知,分析音位的目的,便是要將一種語言裡數目眾多的語音歸納為若干音位,由此可知,語言實際存在者為音位變體屬具體第一性,做為音位變體概括性表現的音位則屬抽象第二性。〔註23〕

然而,如何區辨語言整體語音系統內音位及音位變體的語音現象,這就必需藉由對立關係、互補分布及語音近似原則為之。〔註24〕對立關係主要是從分的角度區分出現在同一語音環境的兩個音,其所表示的不同意義,經由不同意義確認兩個不同音素分屬不同音位;互補分布主要是從合的角度來歸納同一音位,兩音素無法在相同的語言環境內出現,無法構成最小對立單位,此時的補救方式便是採用語音近似原則,即確定數個音感特徵相近似(即發音部位、發音方法、唇型圓展、舌位前後)的不同音素,才能歸併於同一個音位;此外,從音位系統要求簡明的原則觀察,音位和音位變體兩者在數量的聯繫上呈現不平衡現象,與音位系統要求簡明產生矛盾,這點在白語語音系統內得到證實,連帶也證實白語語音系統內具備「語言實際存在者為音位變體,爾後才出現音位」特徵,透過研究進一步可知,這也說明了白語語音系統內,其語義的引申

〔註21〕黃伯榮主編:《現代漢語教程》(青島:青島出版社,1991年),頁156、王理嘉:《音系學基礎》(北京:語文出版社,1991年),頁73~75及105~106、孫仁生:〈論音位與語音類型學〉《大連大學學報》第20卷第5期,頁75~78、賈寶書:〈對『音位』及『音位變體』的再認識〉《百色學院學報》第20卷第2期(2007年),頁89~90。

〔註22〕高名凱,《語言論》(北京:商務印書館,1995年),頁135~136。

〔註23〕胡明揚:《語言學概論》(北京:語文出版社,2000年),頁63~64。

〔註24〕賈寶書:〈對『音位』及『音位變體』的再認識〉,頁89~92。

轉變，受到語音「聲變」、「韻變」、「等呼變」和「調變」的影響甚爲顯著。

　　本文的分析模式爲「由廣而狹、以今論古」，輔以內部比較及擬測和歷史比較，將白語的詞源及音類，透過共時分析推測歷時演變，進而針對古白語原始語音形貌加以擬測。〔註25〕依此步驟，首先將白語視爲完整的語言整體，觀察分析其整體語音結構所表現出來的語音實際狀況，而不將白語依普遍的北、中、南區域性劃分而壁壘分明地各別狹義分析。因此，總體論述白語區三大方言區，在聲母聲位系統部分，其總體音位總數多達「57 個」，當中也包含零聲母[ø]在內，但不包含顎化輔音和圓唇化輔音在統計之中，這「57」個聲母總數內，也包括受到主要元音、元音鬆緊及調值鬆緊影響而產生的音位變體現象，也統計於其中表示。

　　以下逐項分析白語聲母聲位系統相關音位變體之語音現象：〔註26〕

（1）/p/：

　　塞音/p/在白語語音系統內有清音不送氣[p]和濁音不送氣[b]二種類型，[p]相當於中古聲母[幫]母字，各種語流音節皆能搭配；[b]相當於中古聲母[並]母字，普遍情形當音節調值爲緊喉調 44 調、42 調或 21 調，塞音[p]讀爲[b]，但現今白語語音系統已不分緊調值與否，一律將[p]讀爲[b]，合流爲清音不送氣[p]且不影響意義區辨，在白語北部語源區仍並存唇音聲母[p]和[b]形成清濁相對的語音現象。

　　下列便依序針對白語此種語音對應現象，舉出相應的語料加以印證筆者的論證說明：

〔註25〕本文此處依據趙彤：〈上古音研究的『內部比較法』〉《語文研究》第 2 期（2005 年），頁 22～25 之說，來論證白語語音系統所呈現的語音原理。文內的解釋可知：歷史比較法以詞爲單位元，比較的物件是方言或親屬語言中的同源等各項詞源，詞源間要求語義上相關，語音則存在完整且成系統的對應關係；反觀內部比較法以音類爲單位元，比較的物件是前代相同的音類在後代某個共時音系中的反映，內部比較只要求比較的物件在語音上存在對應關係，並不要求語義上相關，研究白語需兩者需相輔相成，才能截長補短，詳細對其層次演變進行說明，並就其原始音讀進步擬測。

〔註26〕論述所舉語料例，其來源若無特別標註者，皆由筆者調查之本文設定的調查語區，以完整的語音演變現象呈現，暫不逐一標註語區和語源地，於在說明，本章相關處，即同於此註所言，在此一併說明。

詞例1：「簸（米）」在白語內部整體語音演變過程為[bɔ44]=[pɔ44]→[po44/ po33/po42]→[pou44]→[pũ44]，此詞例語義本義即指「揚米去糠」之義，泛指使用「簸箕」盛上米糧等物件並予以上下顛動搖盪，藉由搖動以揚去糠粃塵土。

詞例2：「搬（家）」在白語內部整體語音演變過程為[bã21（緊）]=[pã21/pa21/ [pa31]→[piɛ̃42/piɛ42]，此詞例不僅在聲母方面具有唇音[p]和[b]清濁相對的語音現象，在韻母元音部分並具有鬆緊元音[a]相對的語音現象，隨著受漢語音讀影響，韻母主元音並從低元音[a]逐漸裂化為複合元音，並以調值[42]調及其[31]和[21]表示此詞漢語借詞的屬性，如此亦顯見白語底層調值層亦已混入漢語借詞並用以承載漢語借詞調值。

詞例3：「（遮）蔽」在白語內部整體語音演變過程為[bi33]=[pɛ33]→[pe33/ pẽ33]，透過「搬（家）」和「（遮）蔽」的語音狀況發現，白語在中古中晚時期受漢語影響，陽聲韻尾因而逐漸脫落並歸併入陰聲韻內，至近現代西南官話時期以韻母元音增加鼻化成分予以表示其陽聲韻之遺跡，隨著語音演變使得鼻化成分亦逐漸脫落消失，使得白語整體語音系統內鼻化之可有可無，更有甚者，並因此形成自體本身陰陽對轉的語音演變現象，例如詞例「遮蔽」即具有自體陰陽對轉的語音現象，「蔽」為蟹攝祭韻去聲，聲母為幫組幫母開口三等全清，本屬陰聲韻讀受到聲母唇音影響，而增加鼻化成分進而轉入陽聲韻內。

（2）/t/：

舌尖音/t/在白語語音系統內，有清音不送氣/t/和濁音不送氣/d/二種類型，[t]相當於中古聲母「端系」字，各種語流音節皆能搭配；[d]相當於中古聲母「定」母字，在白語北部方言區亦有採用[d]表示「端」母字，並形成舌尖塞音清濁對應的語音現象，[t]和[d]二音讀在現今白語語音系統內已逐漸合流，亦不影響意義區辨，此外，[t]和[d]音讀由於聲母受到介音[-j-]/[-i-]影響而產生齒齦顎化作用，又因[t]音讀承載舌齒音的發展源流，使得[t]和[d]音讀在白語語音系統，產生因顎化而來的新聲母音位，也因為如此，形成古漢語四等皆具足的語音風貌，這也是因為中古聲母以「端」為首的舌齒音，以「同形演化」的語音形態融合在端系內所致。下列針對白語此種語音對應現象，舉出相應的語料加以印證：

詞例1：「豆（子）」在白語內部整體語音演變過程為[dɯ21]=[tɯ31/tɯ33]→ [ti44]（韻母主元音由後高化逐漸往前高化發展），在語義方面，白語此音讀本

爲單音節語義「豆」，詞尾加虛語素「子」形成雙音節構詞乃受到漢語接觸影響而形成。

詞例 2：「（世）代」在白語內部整體語音演變過程爲[de21（緊）]=[te33]/[tai31]此例屬於音譯漢語借詞，透過韻母主元音由單元音裂化爲複合元音可知，白語受到漢語借詞影響使得韻母單元音逐漸朝向複元音化發展。

詞例 3：「底」在白語內部整體語音演變過程爲[ti33]=[di31]=[tɕi33]，此例在聲母部分由舌尖音與韻母[-i-]介音產生顎化作用以形成顎化舌面音；然而，此詞例在聲母顎化形成新音讀的同時，也因此隨之產生新的詞彙語義「擠」，形成所謂的「聲變構詞」變體現象；詞例「底」在白語內部整體語音演變過程爲：[tɚ33]=[tɕi33]，在洱海周邊之挖色、西窯、上關和鳳儀四語區之引申新詞例「擠」的音讀，亦有以零聲母[e33]及往翹舌央元音→[ɚ33]演變的語音現象。

詞例 4：「桃」在白語內部整體語音演變過程爲[ta21]→[to21]=[do21]，音結節構在聲母的變化即是舌尖塞音清濁相對的語音皆通用，韻母主元音由低元音高化發展。需說明的是，列舉說明的相關詞例，其音讀皆屬於白語吸收漢語借詞進而音譯其語音的音讀現象，並以底層本源調值承載漢語借詞的調值狀況。

（3）/n/：

/n/受到主要元音影響產生舌尖中鼻音[n]和舌面前鼻音[ȵ]二種類型，[n]相當於中古聲母[泥]母字，一般出現在後元音之前（以❶表示），例如：膿[nu31]、這[nɯ21]、你[nɔ21]；[ȵ]相當於中古聲母[娘]母字，除了也可以出現在後元音前外，其音節結構另有對種情形：第一種類型，是與前元音構成音節並產生顎化（[/n/＋/i/]）現象即[ȵ]音，但在音節中前元音[i]不顯示（以❷表示），並以此結構搭配緊喉元音（以❸表示）；第二種類型，是產生舌尖鼻音顎化（[/n/＋/i/]）現象，但在音節中前元音[i]仍保留（以❹表示）；第三種類型，是隨著[n]和[ȵ]逐漸合流後，亦可出現在前／央元音或複合及複合鼻化元音之前（以❺表示）。

下列針對白語此種語音組合模式，舉出相應的語料加以論證相關分析說明：

例如：畢業[pi33 ȵɛ35]（❷）

要[ȵɔ44]（❷＋後元音）

要[niũ44]/[ȵiũ44]（❺）

斯文[ȵɔ35ȵɯ21]（❶＋❷）

條[ȵɯ42^{（緊）}]（❸）（表示繩子的單位量詞）

燉（肉）[ȵo21^{（緊）}]（❷＋❸）

午飯[ȵi44dɯ21]、銀[ȵi21]（❹）

捏[ni35]、（大）籃子[na44ne21]、叢（草）[ȵa21]（❺）

爛[ȵA21^{（緊）}]（❷＋❸＋❺）/[na31]（❶）/[na44^{（緊）}]（❶＋後緊元音）

（4）/ts/：

舌尖前塞擦音[ts]－[dz]在白語語音系統內呈現清濁相對的語音現象，並有二種特殊語音對應類型：第一種類型為平翹舌音出現相混的情況，即[ts]－[dz]可與舌尖後翹舌清濁塞擦音[tʂ]－[dʐ]和舌尖後翹舌清濁塞音[ʈ]－[ɖ]產生語音對應的音位變體現象；第二種類型為舌尖音舌面音化，與舌面音產生發音部位的語音對應，下列便就白語此種語音對應現象舉出相應的語料加以印證：

詞例1：眞[tʂə̃55]→[tʂɹ35]/[tʂɻ55]=[tsɛ̃55]→[tsv24]→[tsi44]

詞例2：長[tʂɔ̃21]=[dʐɔ21]

$\qquad$=[tsõ21]/[tsõ42]/[tsõ31]/[tso21]→[tsou33]/[tsou21]

$\qquad$=[tio21]→[tõ21]=[dɔ21]

詞例3：窄[tʂɛ33]=[tsɛ33]→[tse44]→[tsɚ44]→[tsi55]→[tɕui44]→[ʈia44]

透過詞例1「眞」的語音對應現象，可以得知聲母方面，其舌尖後翹舌塞擦音對應舌尖前塞擦音，而舌尖後翹舌塞擦音聲母的形成，則是舌尖前塞擦音聲母與韻母具有[-j-]/[-i-]介音成分，進而產生聲母翹舌音顎化而來；至於韻母部分，則不論聲母如何演變，皆逐步從高化發展，其[-i-]元音並持續高化至高頂出位，發展出舌尖元音[ɿ]或[ʅ]的語音現象，此時期已至近現代民家語時期。

詞例2「長」的音節結構聲母除了以「舌尖前塞擦音」和「舌尖後翹舌塞擦音」表示外，聲母和韻母[-i-]介音在音節搭配的同時，受到聲母顎化作用影響，發展出翹舌塞音的語音形式[ʈ]及其對應濁音[ɖ]，此例和「眞」分別屬於

陽聲韻宕攝和臻攝，由於白語陽聲韻尾脫落之故，兩詞例明顯在元音部分，增加鼻化成分以保留其陽聲韻的語音特徵，但此鼻化成分，在白語語音系統內的實際語音現象，是趨向增加鼻化及鼻化脫落的過渡語音時期，脫落鼻化現象的原陽聲韻讀則與陰聲韻無異，因此產生陰聲韻又重某陽聲韻的韻部整併現象。

　　詞例 3「窄」之本義爲「狹」，其整體語音演變概況與詞例「眞」和「長」無太大差異，需特別說明者即「窄」之聲母因詞彙擴散，使得語義由「窄狹」而引申形成「擠」的意義，因而產生顎化舌面音[tɕ]的語音形式，主要受到詞義引申擴大及語域變體影響所致。〔註27〕

　　（5）/s/：

　　舌尖前清濁擦音[s]－[z]與舌尖後翹舌清濁擦音[ʂ]－[ʐ]和舌面清濁擦音[ɕ]－[ʑ]呈現音位變體現象，較爲特殊者即是此音與白語滯古聲母現象——舌葉清濁音[ʃ]－[ʒ]亦呈現音位變體現象，然舌葉音部分已歸併入舌尖擦音和舌面擦音內，在雲龍白石和雲龍諾鄧仍有部分詞例保有舌葉音讀的語音現象，需特別說明的是，舌尖前擦音系列與舌尖前塞擦音系列在聲母部分皆出現翹舌音相混及顎化舌面音的現象。下列以實際語例，對白語此種語音對應現象舉出相應的詞例加以佐證：

　　詞例 1：送[ʂɔ44]=[so33]/[sõ33]→[sou33/sou44]=[ɕõ33]

　　　　　　　　*=[qʼe44]→[qʼɚ44]（說明：「送」之引申義表「給」）

　　詞例 2：霜[sõ55]→[sou55]/[suã55]=[ɕõ55]

　　詞例 3：讓[sɔ31]/[zõ31]→[zi31]=[ʑa31]→[ʑɔ31]（濁音對應）

　　詞例 4：死[si44]→[sʅ44]=[ɕi44]=[ʃi44]

　　詞例 5：四[si44]=[ɕi44]=[ʃi44]

　　詞例 6：讓[sɔ31]=[zõ21]→[ʑa31]→[ʑa̠31]

　　詞例 7：水[ʃy44]=[ɕy33]/[ɕy21]（韻母[-y-]介音即爲[ui]，以下例 10 相同）

　　詞例 8：心／新／薪[ʃi55]=[sẽ55]/[sʼẽ55]→[si5]=[ɕi55]/[ɕĩ55]

　　詞例 9：少[ʃu44]=[sio33]→[su33]=[ɕou33]→[ɕu33]

〔註27〕「語域變體」：依據不同的語言環境和發話者的語義表達，而有相應的語言使用場合。
　　　　語出郭嘉彥、游汝杰：《社會語言學教程》（臺北：五南圖書出版社，2007 年），頁 32。

詞例 10：腐[ʃu42]=[ɕo31]→[ɣo33]（軟顎舌根濁擦音）

詞例 11：髓[ʃy21]=[suɛ33]/[s'uɛ33]→[ɕui33]→[ʂuɛ33]

詞例 12：尖[ʒi21]=[tɕe35]→[tɕie35]→[tɕĩ55]/[ji31]/[tẽ33]→[tiɯ35]

　　　　　*=[qɔ44 mɯ44]（突顯物體的特殊部位爲音讀表示）

詞例 13：扭[ʒi42]=[n̠o31]/[n̠õ31]→[n̠iu31]→[n̠iou31]

　　　　詞例 1「送」在白語詞彙語音系統內又承載「養」字語義，「一音多義」乃是白語詞彙音讀的重要特徵。換言之，在白語詞彙語義系統內將「送」和「養」透過抽象聯想隱喻義「饋送物件以『養』他物」而將兩詞視爲具有語義上的引申，並藉由此以相同語音結構表示兩詞之語音，白語詞彙系統進一步更將「送」的動作義引申表示「給」，因此，語音由舌尖擦音轉向小舌音讀[q'e44]/[q'ɚ44]（韻母主元音往翹舌央化演變）表示引申義「給」外之本義表示「贈送」；其餘詞例皆爲舌尖前清濁擦音[s]－[z]與舌尖後翹舌清濁擦音[ʂ]－[ʐ]和舌面清濁擦音[ɕ]－[ʑ]之音位變體對應現象。

　　　　詞例 7～13，特別舉出白語滯古聲母現象舌葉清濁音[ʃ]－[ʒ]之對應現象，等號左方以示舌葉音，右方以示歸併後之相應的聲母現況，透過此五例的語音對應可知，滯古舌葉音主要與舌尖前清濁擦音[s]－[z]與舌尖後翹舌清濁擦音[ʂ]－[ʐ]和舌面清濁擦音[ɕ]－[ʑ]等音位形成對應關係。

　　　　較爲特殊者爲詞例 12「尖」，此詞例更與同部位的塞音[t]和半元音[j]相對應，並受到漢語借詞音讀影響而與舌面塞擦音[tɕ]對應，此外，在北部洛本卓語源區之音讀[qɔ44 mɯ44]，則以刀的鋒利處表示「尖」的語義，即由語義表示語音之例，透過語義來記音；詞例 13「扭」與舌尖翹舌鼻音[n̠]對應，韻母元音增加鼻化成分呈現陰陽對轉的語音演變情形，明顯受到聲母鼻輔音的影響，也受到漢語借詞音讀的啓發所致。

　　　　（6）/tɕ/：

　　　　舌面前塞擦音[tɕ]－[dʑ]和舌葉清濁音[ʃ]－[ʤ]呈現自體音位變體現象。舌尖前清濁擦音之舌葉音，自體音位變體歸併的語音現象，在顎化舌面塞擦音部分，相同的滯古舌葉音，仍在現今白語實際語音系統內，歸併入舌面音及翹舌塞擦音等相關音位結構內；在舌面前塞擦音部分，此語音受到韻母主元音影響，舌面前塞音[tɕ]普遍的語音現象多置於前元音及低元音和半低元音之前，舌葉音[ʃ]則多置於央元音及後元音和高元音及半高元音前，然而，在整體語音系統歸

併之後已呈現合流情形。此部分詞例多屬白語借源自漢語借詞語例現象，主要借源原則以音譯爲主，下列針對白語此種語音對應現象，舉出相應的語料加以印證：

詞例 1：九=[tɕɯ33]/[tɕɯ̃33]→[tɕi33]=[tʃɯ33]

詞例 2：鳩／鴿=[kɯ55]=[tʃɯ33]=[tɕɯ33]

詞例 3：伲／賒、欠=[tɕi42]=[tʃi42]

詞例 4：辛／辣=[tsʼe55]/[tsʼẽ55]=[tɕʼi55]/[tɕʼĩ55]=[tʃʼi55]

詞例 5：七／漆=[tɕʼi44]=[tʃʼi44]

詞例 6：舅=[kɯ33]/[gɯ33]=[tʃu35]=[tɕou55]→[tɕo55]

詞例 7：舉=[tɕy31]=[dʑui21]（[dʑy21]）

詞例 8：地=[tɕi44]/[dʑi44]=[dʑi21]

詞例 9：近=[tɕe44]→[tɕĩ44]/[dʑi44]/[dʑĩ44]=[dʑi21]

詞例 10：擠=[tɕi33]=[tʃi33]

詞例 11：轉=[tɕue42]=[tsue42]/[tʂuẽ42]/[zuɛ42]/[zuẽ42]

詞例 1～5 在舌葉清音[tʃ]的部分呈現送氣與否之語音對應，較爲特殊者爲詞例 2「鳩／鴿」和詞例 6「舅」，「鳩／鴿」屬於動物名詞，白語本源音讀爲軟顎舌根音，此音讀擬其鳴叫聲響而來；「舅」屬於親屬稱謂詞屬自源語音現象，白語以軟顎舌根清濁音爲音讀，然而，此處列舉之語音對應現象，明顯可知滯古舌葉音讀爲白語受漢語借詞之音讀影響而形成，而舌葉音讀部分的聲調值則屬於白語爲承載漢語借詞所新興的調值[35]調，在舌面音部分的調值則是漢語借詞調值混入白語滯古調值層的語音現象，如此使得白語滯古調值層形成調值的層次疊置。

（7）/k/：

軟顎舌根清塞音/k/，在白語整體語音系統內包含了二項語音內容：第一項受到短促[21]調影響、或因漢語借詞而新興的[35]調影響，而濁化的舌根濁塞音[g]。下列便就白語此種語音對應現象，舉出相應的語料加以印證：

詞例 1：烤（火）[gɔ21]=[kʼõ31]=[ko42]→[kou42]

詞例 2：騎/流[gɯ21]=[kɯ31]

詞例 3：曬[gɔ21]/[xɔ21]=[xɔ31]/[ho31]

詞例 4：長（生長）[gɔ35]=[ko35]→[kuo42]

詞例 5：蕎[go21]=[ko21]

詞例 6：橋[gu21]=[ku21]

範例詞內的詞例 3 甚爲特殊，此「曬」即「晒」字，白語詞彙系統內細分爲兩種語義，在表示「曬太陽」的語義時，其聲母以軟顎濁舌根音表示[go21]，在表示普遍語義「曬衣服」時，則以軟顎舌根清擦音[xɔ21]表示，現今白語區普遍合流兩音讀以[xɔ21]表示「曬」之語音現象，例外者爲諾鄧語區，在諾鄧語區內，除了[go21]和[xɔ21]兩音讀外，在表示「曬衣服」語義之音讀[xɔ21]，亦有另一白讀以聲門擦音[ho31]爲聲母之音讀；詞例 6「橋」則是白語底層本源詞，主要是模擬其河內石頭因流水流動撞擊之聲響而來，以狀聲的概念來記音構詞。

第二項包含白語滯古聲母語音現象──小舌音[q]、[q']、[ɢ]、[ɴ]和[χ]、[ʁ]及雙唇濁顫音[ʙ]等自由的音位變體現象，這組滯古小舌音讀同於軟顎舌根音讀系列，對應漢語上古和中古的語音概況，主要是相當於聲母見組之見、溪、群等聲紐，滯古小舌音位現象主要仍保留於白語北部語源區內，另外，在中部語源區之雲龍諾鄧亦保有滯古小舌音讀，除了白語中部雲龍諾鄧外的其他大部分語源區和南部語源區，由於白語長期與漢語深化接觸之故，使得滯古小舌音讀[q]、[q']、[ɢ]、[ɴ]和[χ]、[ʁ]及雙唇濁顫音[ʙ]等音位已進行音位歸併，並併入相應的軟顎舌根音[k]組音讀內，舌根清塞音[k]則普遍與舌根濁塞音[g]合流。

針對白語[k]組音讀包含滯古小舌音的語音現象部分，筆者針對此種語音對應現象，依滯古小舌音及其顫音爲準，歸納列舉相應語料予以對應解說，詳細分析如表 2-2-4 所示：

表 2-2-4　小舌音及雙唇顫音與軟顎舌根音之語音對應合流現象

小舌音 顫音	q	q'	ɢ	ɴ	χ	ʁ	ʙ（顫音）
例字	雞 qe55 角 qo44 價 qa42 刺猬 qa21 賣 quɯ21 木頭 qua21 江河 qõ55 湖海 qo21	渴 q'a44 牽 q'e55 果 q'o33 哭 q'o44 狗 q'ua33 客 q'a44 蓐草 q'u55 腿 q'ua31	刺猬 ɢa21 肉 ɢa21 賣 ɢɯ21 厚 ɢɯ33 木頭 ɢua21	我 ɴo31	痊癒 χɯ33 開水 χua55 對 χo55 漢 χa42 暗 χɯ44 黑 χɯ55	學 ʁɯ42 刺猬 ʁa35 肉 ʁa35 黃 ʁõ31 厚 ʁɯ33 鞋 ʁe21 雲 ʁe21 湖海 ʁo31 圓 ʁue21	汗 ʙa21

舌根音	雞 ke55 角 ko44 價 ka42 木頭 kua/gua42 江河 kõ55 湖海 ko21	渴 kʼa44 牽 kʼe55 果 kʼo33 哭 kʼo44 狗 kʼua33 客 kʼa44 蕨草 kʼu55 腿 kʼua31 圓 kʼue44	刺猬 ka21 肉 ka21 賣 kɯ21 厚 kɯ33	我 ŋo31	痙瘲 xɯ33 開水 xua55 對 xo55 漢 xa42 暗 xɯ44 黑 xɯ55	學 ɣɯ42 刺猬 ka21 肉 ka21 黃 ŋõ31 鞋 ŋe/ɣe21 雲 ŋe/võ21 圓 ŋue/ue21	汗 ɣa42 ŋã21/ʔa31

　　透過表2-2-4的歸納可知，白語語音系統內的滯古小舌音讀系列，其[q]、[ɢ]和[ʁ]基本呈現語音合流現象，[qʼ]對應軟顎舌根送氣音[kʼ]，[χ]則對應相應的軟顎舌根擦音[x]，較爲特殊者爲小舌濁擦音的對應，例如：白語詞彙「黃」，除了對應軟顎舌根鼻音外，亦對應濁唇齒音[ṽ31]爲聲母、以濁唇齒音[ṽ31]爲韻母元音的零聲母語音現象及以軟顎舌根濁擦音[ɣo21]爲聲母的語音現象；較爲特殊者爲小舌鼻音，在白語整體語音系統內僅有人稱代詞「我」在北部語源區共興出現，普遍的語音結構仍以軟顎舌根鼻音，或近現代受漢語接觸影響而以零聲母音讀[õ31]→[uõ31]表示，在零聲母[õ31]的語音結構部分，白語又因聲母去零化的演變而增加了聲母[ŋ]，產生與滯古語音層[ŋo31]的語音有同語音結構但不同層次演變的重疊現象；詞例「雲」在北部洛本卓亦有以雙唇鼻音[mũ21]表示，此爲白語詞彙結構內以「霧」氣迷漫表示「雲」之釋義並以此爲語音的現象；較爲特殊者爲白語語音系統內較少見的顫音[ʙ]，此音讀在白語北部語源區出現，經查得釋義爲「汗」之語音以顫音[ʙ]表示，主要可對應軟顎舌根濁擦音、軟顎舌根鼻音及喉塞音或以零聲母表示之音讀現象。

　　針對白語整體聲母相關音位現象進行總體檢後，白語整體語音系統內的語音對應現象，便是在音位現象分明後需深入探討的部分，相關的語音對應情形分成舌尖塞音、舌尖後塞音、舌面音、舌面擦音及舌根音五項語音對應狀況進行討論。

（二）語音對應現象

　　白語內部複雜的語源系統，不論在聲母甚至是單元音及其裂化而生的複元音，或聲調方面，都存在相當的差異性，研究宗旨便是要從異求同，因此從現代語音學的立場出發，將白語做爲有機語言整體完善論述總體語區音讀概況。

　　分析白語語音系統在聲母彼此間的對應關係，需從發音部位相同和相異二種現象進行探討。根據前述分析可知，白語語音系統內有舌尖後塞音相對、舌尖後塞擦音相對、舌面前塞擦音和舌葉塞擦音相對、舌面擦音相對，及舌根音和小舌音相對等五種語音對應現象。這五種語音對應現象，屬於發音部位相同的聲母對應情形者，即舌尖後塞音和塞擦音相對，其餘情形則屬於發音部位相異的聲母對應，分別就此歸類舉相應範例進行解說。

1. 發音部位相同的聲母對應：舌尖後塞音對應

　　相同的發音部位，但發音方法不同的聲母相互對應，此種對應，主要發生在白語北部語源區仍保留的滯古聲母與中南部受漢語影響，呈現非純然滯古聲母現象間的對應，例如：白語北部語源區之特殊舌尖後翹舌塞音和塞擦音之對應即屬這種對應特徵。

　　關於白語內部發音部位相同的聲母對應狀況及其相應詞例，整理為表 2-2-5 說明：

表 2-2-5　白語內部發音部位相同之聲母對應現象：舌尖後塞音

詞彙釋義	白語北部語區音讀含清濁相對語音	白語普遍音讀（中南部語區）	聲母對應
勺子	ʈo21	tio21/tso21/tɕio42/tʂou42	t→ti→ts→tʂ→tɕ
舌（頭）	ʈɚ42	ti42/de42/tse42/tʂe42	t/t→d→ts→tʂ
茶	ʈo21	tsou21/tso21-dzo21/tɕo21/tʂou21	t→ts/dz→tʂ→tɕ
長	ʈo21－ɖo21	tsou21/dzou21/tʂo21/dʐo21/tɕo21	t/ɖ→ts/dz→tʂ/dʐ→tɕ
砍	ʈo44	tso44/kã33/k'ɚ44	ts→（k→k'）
棵	ʈɯ42－ɖɯ42	diɯ42/tsɯ31/dʑi42/tʂɯ31/dzʐ42	t/ɖ/d→ts→tʂ→dʑ→dzʐ
隻	ɖɯ21	diɯ21/di21/tɯ21/tso21	ɖ/d→t→ts
聞（嗅）	t'u55	ts'u55/tʂ'u55	t'→ts→tʂ
紅／赤	t'ia44→t'a44	t'a44/ts'ɚ44/tʂ'ɛ44/tɕ'ɚ44/（xuo55）	t'/t'→ts'→tʂ'→tɕ'→（x）
輕	t'ia55→t'a55	t'iã55/ts'ṽ42/tʂ'ɚ55/tɕ'a55	t'/t'→ts'→tʂ'→tɕ'

特殊詞例反應的語言概況說明：

　　詞例「砍」甚為特殊，其聲母的演變形成二種語音層次現象，其底層音讀為舌尖翹舌塞音及塞擦音，受到近現代漢語借詞音譯語音影響而演變為軟顎舌根音讀；詞例「隻」在白語詞彙系統內屬於單位量詞，所表名詞為鳥禽類之單位量詞；詞例「棵」在白語詞彙系統內亦屬單位量詞，所表名詞為植物類之單

位量詞，主要以「樹」的音讀引申表示其單位量詞「棵」的音讀現象；詞例「紅」在白語詞彙系統內表示「赤」，赤即紅之語義，即顏色名詞。

　　白語內部舌尖後塞音的對應現象，主要反應的語言狀況，即是舌尖後翹舌塞音主要形成於白語北部語源區內，主要聲母來源為：「舌尖中清塞音[t]或濁塞音[d]和韻母[-i-]介音」在搭配的過程中，因發音方法或其他外源因素，以致於產生顎化作用，進而形成翹舌化的語音現象。北部語源區的「舌尖後翹舌塞音」音讀，與中南部語源區普遍音讀對應呈現較為複雜的語音概況，舌尖後翹舌塞音送氣與不送氣僅以清[t]塞音為主，濁[d]音則僅有不送氣音而未有送氣音讀，[t]和[d]兩音讀，與中南部語源區內的「舌尖後翹舌清濁塞擦音」形成語音上的相互對應關係，彼此間的發音部位都屬於「舌尖中音」，略顯不同者在於發音方法上分屬「塞音和塞擦音」及「送氣與否」之別；除此之外，「舌尖後翹舌清濁塞音」的語音對應又可與「顎化舌面音[tɕ]」形成對應，且受到漢語借源詞音譯影響，詞例「紅／赤」音讀又與「軟顎舌根擦音[x]」形成對應，由於此音讀是漢語借詞音譯形式，因此以括號標注說明。

2. 發音部位相異的聲母對應

　　發音部位相異的聲母對應現象，主要是指兩個音位系統其發音部位相鄰或相近，依此論及白語語音系統內，發音部位相異的聲母對應，主要有以下四種類型：

（1）舌尖後翹舌塞音與舌尖前塞音對應

　　發音部位相同的聲母對應，針對的是舌尖後翹舌音自體的語音對應現象；在發音部位相異的聲母對應方面，主要仍是針對舌尖後翹舌音展開說明，並將其與舌尖前塞音進行相關的對應比較，此外，舌尖前塞音又可以再進一步與舌面音產生語音對應，如此層層對應，明白揭示白語北部語源區和中南部的語音差異情形。

　　舌尖後翹舌塞音與舌尖前塞音的語音對應現象，以表 2-2-6 予以說明：

表 2-2-6　白語內部發音部位相異之聲母對應現象（一）：舌尖音相對

詞彙釋義	白語北部語區音讀	白語普遍音讀（中南部語區）	聲母對應
戴（帽）	ʈiɯ42→ʈɯ42	tɯ42/tũ42	ʈ→t
等待	ɖiɯ33→ɖɯ42	tɯ33	ɖ→t
上方	ɖɯ33	do33/tõ33	ɖ→d→t

舌尖後翹舌塞音和舌尖前塞音，呈現穩定發展的對應關係。

（2）舌面擦音與舌尖後翹舌擦音對應

發音部位相異的聲母對應第二類，主要說明「舌面擦音」和「舌尖後翹舌擦音」的語音對應，在此條對應原則下，也歸併關於滯古「舌葉音讀」的對應現象，連同在舌面擦音內特殊的語音成分：半元音[-j-]的語音現象，歸併此音的原因在於，舌面擦音的產生與半元音[-j-]介音有著密不可分的關連性，因此歸併於舌面擦音內說明；然而，透過語音歸納發展，具舌面擦音屬性的半元音[-j-]，在白語語音系統內的音讀狀況又可以與舌尖鼻音[ɲ]產生相互對應。

舌面擦音與舌尖後翹舌擦音的主流與非主流語音，主要以半元音[-j-]和舌尖鼻音[ɲ]對應現象為例，以表 2-2-7 予以說明：

表 2-2-7　白語內部發音部位相異之聲母對應現象（二）：舌面擦音相對

詞彙釋義	白語北部語區音讀	白語普遍音讀（中南部語區）	聲母對應
割（肉）	ɕa44	sa44/ʂ'a44	ɕ→s→ʂ'
（燃）燒	ɕui55	su55/ʂu55	ɕ→s→ʂ
葉子	ɕi44	se44/ʂɚ44/ʂ'e44	ɕ→s→ʂ/ʂ'
鼠	ɕu33	so33/ʂo33	ɕ→s→ʂ
手	ɕiɯ33→ɕi33	suɯ33/ʂi33/ʂ'ɯ33	ɕ→s→ʂ/ʂ'
死	ɕi55	si33	ɕ→s
蒜	ɕue42	suã42/s'uã42/sõ42	ɕ→s/s'
蘑菇	ɕie33	se33/sẽ33/ʂe33	ɕ→s→ʂ
人	ɲi33	ji33	ɲ→j
婦	ɲui33	jũ33	ɲ→j
癮	nõ33/ɲiõ33	jou33→ji31	n/ɲ→j
要	ɲou44/ɲõ44	jãu44→jõ44	ɲ→j

（表格註說：以雙橫線做為區分舌面擦音和與非主流語音之鼻音的相應語例）

特殊詞例反應的語言概況說明：

詞例「割」、「葉」和「手」的音讀對應，其語音狀況是具有舌尖翹舌音送氣的滯古語音現象。

（3）軟顎舌根音與小舌音相對

發音部位相異的聲母對應第三類，主要說明「軟顎舌根塞音」與「滯古小舌音」彼此間的語音對應，並說明「軟顎舌根清濁擦音」部分與「零聲母」間的對應現象。軟顎舌根音和小舌音的語音對應現象，以表 2-2-8 予以說明：

表 2-2-8　白語內部發音部位相異之聲母對應現象（三）：舌根音對應

詞彙釋義	白語北部語源區之音讀	白語普遍音讀	聲母對應
骨頭	qua55	kua55	q→k
害怕	qe44	ke55	q→k
盛（飯）	quɯ55	kɯ55	q→k
晒（曬）	qo31	xo31	q→x
哭	qʼo44	kʼo44	qʼ→kʼ
夾（荣）	ɢa42/qa42/ʁa42	ka42/kʼa42	ɢ/q→k/kʼ
容易	ɣou42	ou42/o42	ɣ→ø
罵	ɣɯ44/xa44	ɯ44/ʔɯ44	ɣ/x→ø/ʔ
喝	ɣɯ33	ũ33/ʔũ33	ɣ→ø/ʔ
看	xã55	a33/ʔa33	x→ø/ʔ

特殊詞例反應的語言概況說明：

　　詞例「夾（荣）」在白語北部語源詞有小舌清濁塞音及小舌濁擦音三種音讀現象，對應白語普遍的語音現況則有軟顎舌根音送氣與否之兩種音讀。

（4）舌面音與舌尖、舌葉音相對

　　發音部位相異的聲母對應第四類，主要說明因「聲母與介音進行『顎化作用』」後形成的舌面音讀，與舌尖音及白語滯古音讀層之舌葉音，彼此間的語音對應及歸併情形。關於舌面音與舌尖音和舌葉音語音對應現象，以表 2-2-9 予以說明：

表 2-2-9　白語內部發音部位相異之聲母對應現象（四）：舌面音對應

詞彙釋義	白語北部語源區之音讀	白語普遍音讀	聲母對應
忙	ʥɯ21	tɕĩ33	ʥ→tɕ
近	ʥi33	tɕi33	ʥ→tɕ
卷	ʥui21	tɕuã31	ʥ→tɕ
地	ʥi21	tɕi31/dʑi21	ʥ→tɕ→dʑ
快	tʂɯ21 tʃɯ21	ŋiɛ21 tɕɯ31	tʃ→tɕ
吝嗇	tʃi55	tɕe44	tʃ→tɕ
借	tʃe33	tɕe44	tʃ→tɕ
新	ʃi55	ɕi55	ʃ→ɕ
死	ʃi33	si44/ɕi44	ʃ→s→ɕ
薪	ʃi55	si55	ʃ→s
記	tiɯ44→tʃi44	tɕi44	t→tʃ→tɕ
堆	dzɛ33	tue33/tsã33	dʑ→t→ts

　　經由語例歸納表的分析可知，白語整體語音現象在舌葉音部分，由於相對應的發音現象，因而歸併至「顎化舌面音」或「翹舌塞音和塞擦音」讀內，至於滯古小舌音讀部分，則朝向與「軟顎舌根音」合流整併；此外，白語聲母的語音現象，特別在「舌面前清濁塞擦音[tɕ]－[dʑ]」和「清濁舌葉音[tʃ]－[ʤ]」部分，彼此間因語音對應形成「語音順同化和逆同化」的語音演變現象，這種演變形態與語流音變及漢語深入接觸形成的語音干擾有相當關連性，受到韻母整併影響下的白語多元化聲母系統，不僅受到聲母自源和語言環境的外源影響，在反應語音結構的語義部分，本義、引申義甚或假借義等語義變化，都是誘發白語語音系統產生深淺量化不同的語音變易風貌，對於各歷史層次間的語音影響有著相當著重的重要性。

第三節　白語韻母類型及聲韻調音位系統之配合

　　白語語音系統內聲母和韻母規律性的搭配原則，主要受到漢語官話系統、藏緬彝親族語及周圍親族方言長期接觸借貸融合，除了吸收外，也配合自源內發的語音現象加以調合而成。第二節已針對白語聲母類型的主要演變現象進行梳理，本節將以白語韻母爲基礎進行討論，並結合前小節討論的聲母現象，將聲母和韻母的配合關係，分成「聲母＋單韻母」和「聲母＋複韻母」兩種實際語音模式，藉由義素分析法的概念突顯白語音節結構類型模式，以「＋」表示聲韻間可以搭配，「－」表示聲韻間無法搭配，搭配準則採寬式作法，以「聲母＋單韻母」及「聲母＋複韻母」在白語標準聲調值的基礎上〔註28〕，只要有一個能成詞且成音節者，便同理證之餘者皆能搭配。

　　將白語視爲有機整體進行分析探究的前提下，統整歸納白語整體聲母和韻母系統可知，在聲母系統部分，其總體音位總數多達「57 個」，當中也包含零聲母[ø]在內，但不包含顎化輔音和圓唇化輔音在統計之中，這「57」個聲母總數內，也包括受到主要元音、元音鬆緊及調值鬆緊影響而產生的音位變體現象；白語韻母系統主要以六大元音爲主線進行發展，隨著與漢語的接觸影響，韻母

〔註28〕關於白語聲調的說明：白語聲調普遍分成 8 調類，其原因是在古漢語平、上、去、入又各分陰陽所致。依據白語實際聲調值而論，白語聲調在上聲和去聲部分，區分陰上和陽上、陰去和陽去的調值現象不如平聲和入聲顯著，因此歸併爲上聲和去聲不再區分陰陽。由此定調白語聲調實際僅 6 調類。

單元音經由裂化作用朝向雙合元音及三合元音發展，此外，由於韻母自古省併陽聲韻尾並整併歸入陰聲韻系統內，爲明確音讀屬於純陰聲韻或類陰聲韻之別，白語的補救方法便是在元音內增添鼻化成分予以區隔，相同的情形也產生於聲母屬於鼻音時，也有在元音內增添鼻化成分突顯其鼻音現象，因爲如此，使得白語韻母又分爲鼻化與非鼻化的現象。

隨著時代的演進發展，語音也配合時代演變而演進，白語早期韻母六大元音系統發展至今，共計有「9 個」基本單元音韻母音位，包含音位變體在內則有「16 個」單元音韻母類型，此「16 個」單元音韻母能在音韻結構內增添鼻化成分者，包含音位變體在內共計有「14 個」，除了鼻化元音外，白語韻母仍有屬於滯古現象者，即是元音鬆緊現象，共計包含音位變體在內有「15 個」緊元音韻母。

白語韻母系統主要以單元音爲主流層展開音韻結構組合，隨著與漢語深度接觸發展，單元音韻母受到漢語借源詞影響而誘發其產生裂化作用，形成雙合元音和三合元音模式，屬於韻母系統內的非主流層語音現象，包含音位變體在內共計有「22 個」不具鼻化成分的雙合元音，「15 個」具有鼻化成分的雙合元音；三合元音模式在白語韻母系統內較不發展，共計有「4 個」不具鼻化成分的三合元音，「1 個」具鼻化成分的三合元音，由此可見，白語韻母系統內的複合元音部分，在鼻化與否的對應關係上，不如單韻母來得明顯且穩定發展。

在此統計數據基礎上，首先說明白語聲母和韻母的音系組合現象，先就聲母與單元音鼻化與非鼻化的拼合情形加以分析，主要分析原則，是歸納白語聲母與單韻母的實際搭配狀況而來，由於白語語音系統內，其單韻母鼻化和非鼻化音呈現完整的對應關係，因此，將單元音鼻化和非鼻化共同置於同張分析表內觀察，此即是單元音組合系統分析表 2-3-1，接續單元音組合系統分析表所做的說明，將列舉「9 個」基本單元音韻母音位、包含音位變體在內的「16 個」單元音韻母類型及其相對應的「14 個」鼻化類型，並說明包含音位變體在內有「15 個」緊元音韻母，及聲母發音部位與四呼的搭配狀況；爾後才針對複合元音部分，進行相關的音位系統搭配分析。

壹、單元音韻母搭配現象

白語聲母系統與單元音韻母音位搭配狀況分析，以表 2-3-1 予以說明：表

格內在韻欄位內以灰色網底分層標示者，上層為主流音位，下層為非主流音位變體音讀。

表 2-3-1　白語聲母系統與單元音韻母音位系統配合表〔註29〕

韻 ＼ 聲	i(ɨ)	ĩ	e	ẽ	æ/ɛ	æ̃/ɛ̃	a/ᴀ/ɑ	ã/Ã̃/ɑ̃	o/ɔ	õ/ɔ̃	ɯ	ɯ̃	u(ʉ)	ũ	y	ỹ	v	ṽ	ɚ(eɹ)	ɚ̃(ẽɹ)	ɣ	ɔɹ
p	+	+	+	+	+	+	+	+	+	−	+	+	+	−	−	−	−	+	+	+	−	−
p'	+	+	+	+	+	+	+	+	+	−	+	+	+	+	−	−	−	−	−	+	+	+
b	+	−	+	−	+	−	+	−	+	−	+	−	+	−	−	−	−	−	−	−	+	−
m	+	+	+	+	+	+	+	+	+	+	+	+	+	−	−	−	−	−	−	−	+	−
f	−	−	+	+	+	+	+	+	+	−	−	−	−	−	−	+	+	+	+	−	−	−
f'	−	−	−	−	−	−	−	+	+	−	−	−	−	−	−	−	−	+	+	−	−	−
v	−	−	+	+	+	+	+	+	+	+	+	+	+	−	−	−	−	−	+	+	−	−
t	+	+	+	+	+	+	+	+	+	+	+	+	+	−	−	−	−	+	+	+	+	+
t'	+	+	+	+	+	+	+	+	+	+	+	+	+	−	−	−	−	+	+	+	+	+
d	+	−	+	−	+	+	+	+	+	+	+	+	+	−	−	−	−	−	+	−	+	+
n	+	+	+	+	+	+	+	+	+	+	+	+	+	+	−	−	−	−	−	−	−	+
l	+	+	+	+	+	+	+	+	+	+	+	+	+	+	−	−	−	−	−	−	−	+
ts	+	+	+	+	+	+	+	+	+	+	+	+	+	−	−	−	−	+	+	+	−	−
ts'	+	+	+	+	+	+	+	+	+	+	+	+	+	−	−	−	−	+	+	+	−	−
dz	+	−	+	−	+	−	+	+	−	−	+	−	+	−	−	−	−	−	−	−	−	−
s	+	+	+	+	+	+	+	+	+	+	+	+	+	−	−	−	−	+	+	+	−	−
s'	+	+	+	+	−	−	+	+	+	+	+	+	+	−	−	−	−	−	+	+	−	−
z	+	+	+	+	+	+	+	+	+	+	+	+	+	−	−	−	−	+	−	−	−	−
tʂ	+	−	−	−	−	−	+	−	+	−	+	−	+	−	−	−	−	+	−	−	+	+
tʂ'	+	−	−	−	−	−	+	−	+	−	+	−	+	−	−	−	−	+	−	−	+	+
dʐ	+	−	−	−	−	−	+	−	+	−	+	−	−	−	−	−	−	+	−	−	+	+
ʂ	+	−	+	−	+	−	+	−	+	−	+	−	+	−	−	−	−	+	+	−	+	+
ʐ	+	−	+	−	+	−	+	−	+	−	−	−	−	−	−	−	−	+	−	+	+	+
tʃ	+	−	−	−	−	−	+	−	+	−	+	+	−	+	−	−	+	−	−	−	−	+
tʃ'	+	−	−	−	−	−	+	−	+	−	+	+	−	+	−	−	+	+	−	−	−	−

〔註29〕表格 2-3-1 內聲母和韻母部分，皆以白語北、中、南三語區完整的語音概況詳列。需特別說明的是，表格內在聲母部分標示灰色網底者，表示其語音現象主要以白語北部語源區為主，亦包含地理區位與北部交界過渡之中、南部語源區；表格內在韻母部分以雙層並標示灰色者，表示其語音現象屬於音位和音位變體。

ʤ	+	−	−	−	−	−	−	−	+	−	+	−	+	−	−	−	−	−	−	−
ʃ	+	−	−	−	−	−	−	+	−	+	−	+	−	−	−	−	−	−	−	−
ʒ	+	−	−	−	−	−	−	+	−	+	−	+	−	−	−	−	−	−	−	−
tɕ	−	−	−	−	+	+	−	−	+	+	−	−	−	−	+	−	−	−	+	−
tɕʼ	−	−	−	+	+	+	+	+	−	−	−	−	+	−	−	+	−	−	−	−
ʥ	−	−	−	+	−	+	−	+	−	−	−	−	−	−	−	−	+	−	+	−
ɕ	−	−	−	+	+	+	−	+	+	−	−	−	+	−	−	+	−	−	+	−
ɕʼ	+	+	−	−	−	+	+	−	+	+	+	+	+	−	−	+	−	−	−	−
ʐ	−	−	+	−	+	−	+	−	+	−	−	−	−	−	−	−	+	−	+	−
ɳ	+	−	−	+	−	+	−	+	−	+	−	−	−	−	−	−	−	+	+	−
j	+	−	−	+	+	−	−	+	−	+	−	+	+	−	−	−	−	−	−	−
k	−	−	+	+	−	−	−	−	−	+	+	−	+	+	−	+	−	−	−	+
kʼ	−	−	+	+	−	−	+	+	+	−	+	+	+	−	−	−	−	−	−	−
g	−	−	+	−	+	−	+	−	+	−	+	−	−	−	−	−	+	−	+	−
x	−	−	+	+	−	−	−	−	−	−	−	−	+	+	−	−	−	−	−	−
xʼ	−	−	+	+	−	−	+	+	−	+	+	−	−	−	−	−	−	−	−	−
ɣ	−	−	−	+	+	−	+	+	+	+	−	−	−	+	−	−	−	−	+	−
ŋ	−	+	+	+	−	−	−	+	−	−	−	−	−	+	−	−	−	−	+	+
w	−	−	−	−	−	−	−	−	−	−	−	−	−	−	−	−	−	−	−	−

白語聲母與單元音的搭配分析具有二點特徵必需提出說明：

1. 發音部位與四呼的音位系統組合：

根據表格內「＋」和「－」的搭配現象，進一步以文字說明其反應的語音現象，即是依據韻母開口度大小的四呼與聲母發音部位的搭配，如表 2-3-2 的內容說明：

表 2-3-2　白語聲母發音部位與四呼搭配 [註30]

發音部位＼四呼	開口呼	齊齒呼	合口呼	撮口呼	備　　註
雙唇	＋	＋	＋	－	搭配齊齒呼構成顎化輔音 例如：pi/pj；pʰi/pʰj；bi/bj；mi/mj
唇齒	＋	－	＋		

〔註30〕白語韻母四呼的定義同於漢語：「開口呼」即沒有介音且主要元音非[-i-]、[-u-]、[-y-]者；「齊齒呼」即韻頭或韻腹是[-i-]；「合口呼」即韻頭或韻腹是[-u-]；「撮口呼」即韻頭或韻腹是[-y-]。

舌尖前 （平舌）	＋	＋	＋	－	1. 搭配齊齒呼構成顎化輔音 　　例如：tsi/tsj；tsʰi/tsʰj；si/sj； 　　zi/zj 2. 若未與齊齒呼構成顎化輔音， 　　則產生一組[j]、[q]和[x]音
舌尖中	＋	＋	＋	－	搭配齊齒呼構成顎化輔音 例如：ti/tj；t'i/t'j；ni/nj；li/lj
舌尖後 （翹舌）	＋	＋	＋	－	
舌葉	－	＋	＋	＋	
舌面前	＋	－	－	＋	
舌面中	＋	＋	－	－	
舌面後 （舌根）	＋	－	＋	－	1. 搭配合口呼構成圓唇化輔音 　　例如：ku/kʷ；k'u/k'ʷ；ŋu/ŋʷ； 　　xu/xʷ 2. 與舌尖前相似，若未與齊齒呼 　　構成顎化輔音，則產生一組 　　[j]、[q]和[x]音
零聲母	＋	＋	＋	＋	

2. 白語由早期六大元音演化成 16 個單元音：

從白語聲母與單元音的組合搭配可知，白語現今具有「[-i-]、[-e-]、[-ɛ-/-æ-]、[-a-/-ʌ-/-ɑ-]、[-o-/-ɔ-]、[-ɯ-]、[-u-]、[-y-]、[-v-]、[-ɚ-（[-ɚɹ-]）]、[-ɤ-]、[-ɔ˞-]」等 16 個包含音位變體在內的單元音；除了「[-ɤ-]」和「[-ɔ˞-]」2 個韻母外，其餘包含音位變體在內的「[-i-]、[-e-]、[-ɛ-/-æ-]、[-a-/-ʌ-/-ɑ-]、[-o-/-ɔ-]、[-ɯ-]、[-u-]、[-y-]、[-v-]、[-ɚ-（[-ɚɹ-]）]」等 14 個單元音，皆有與之相對應且相當於複合元音的鼻化元音形式。如表 2-3-3 所示：

表 2-3-3　白語單元音相應之鼻化單元音韻母

單元音	-i-	-e-	-ɛ-/-æ-	-a-/-ʌ-/-ɑ-	-o-/-ɔ-	-ɯ-	-u-	-y-	-v-	-ɚ- （[-ɚɹ-]）
鼻化元音	-ĩ-	-ẽ-	-ɛ̃-/-æ̃-	-ã-/-ʌ̃-/-ɑ̃-	-õ-/-ɔ̃-	-ɯ̃-	-ũ-	-ỹ-	-ṽ-	-ɚ̃- （[-ɚɹ̃-]）

白語單元音在韻母系統裡承載相當於複元音的鼻化元音模式，還形成緊元音韻母現象。依據語音學原理而論，所謂緊喉元音，即是發音時喉頭和聲帶都有點緊縮所致，詳觀白語語音系統發現，這類緊喉元音韻母以「單韻母」為主，

不影響整體語義區辨，反而是影響白語聲調發展，元音鬆緊影響調值鬆緊，並在白語語音系統內產生區辨語義的作用。白語韻母系統內，單元音內具有的「15個」緊喉元音類型，歸納爲表 2-3-4 所示：〔註31〕

表 2-3-4　白語單元音相應之緊喉元音韻母

單元音	-i-	-e-/-æ-	-ɛ-	-ʌ-/-ɑ-	-o-/-ɔ-	-ɯ-	-u-	-ɣ-	-ɔˡ-	-ɤ- ([-ɹe-])	-y-	-ə-
緊元音	-i̠-	-e̠-/-æ̠-	-ɛ̠-	-ʌ̠-/-ɑ̠-	-o̠-/-ɔ̠-	-ɯ̠-	-u̠-	-ɣ̠-	-ɔ̠ˡ-	-ɤ̠-	-y̠-	-ə̠-

總結白語「16 個」基礎單元音模式，以元音舌位圖觀察其分布概況，以便後續關於白語韻母元音發生低化、高化、前化、後化、央化及近央元化等演變現象實，方便知其韻母的變化過程。如圖 2-3 所示，圖內括弧的音位表示其變體：

圖 2-3　白語韻母元音舌位圖〔註32〕

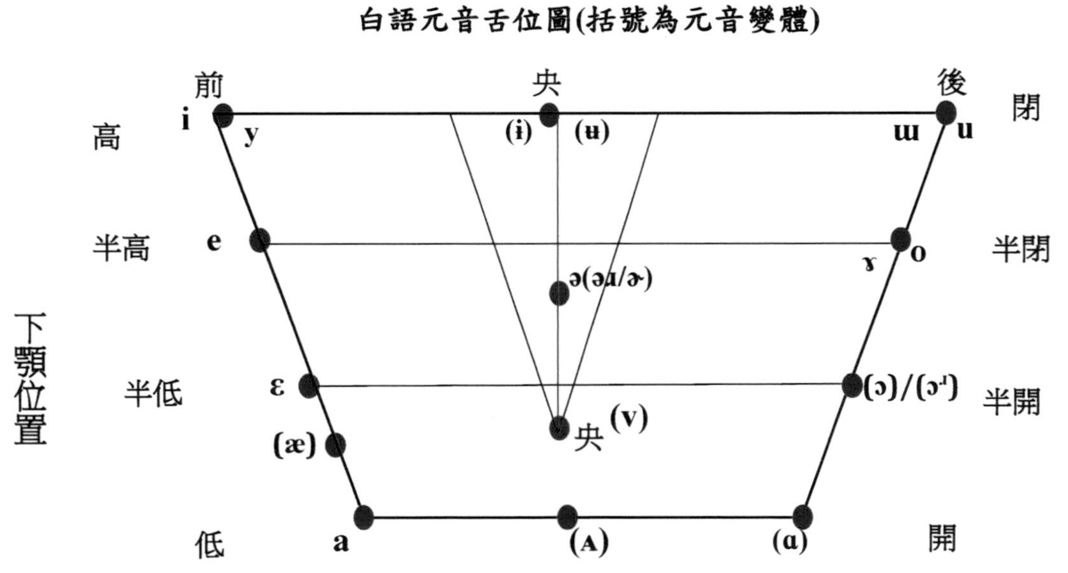

白語元音舌位圖(括號為元音變體)

將白語單元音配合鼻化與緊喉特徵，及元音舌位圖的整理分析，有幾項內容需加以描寫並解釋：

〔註31〕表格內以灰色標示者，表示其語音現象屬於近現代後起之新興語音現象；需特別說明的是，關於緊喉元音的表示方式，即是在書寫標記時於元音下標上[—]號以示區別，本文論述爲更明確其現象，將以上標小字方式標明，例如「(緊)」表示。

〔註32〕圖 2-3 依據舌位元音圖，搭配白語韻母舌位元音實際狀況予以改製而成，其前高元音[i]，亦包含舌尖前後元音[ɿ]和[ʅ]。

1. 音位變體現象

白語單元音從早期六大元音系統演變至今，共計有：[i]、[y]、[e]、[ɛ]、[a]、[u]、[ɯ]、[o]和[ɑ]等九種基本音位類型，隨著語音演變與接觸融合相互影響下，韻母的基本音位也產生與聲母相同具有音位變體的現象，用以承載更加多元的語音結構。對於白語單元音形式，及其音節實際的語音搭配現象原則，整理爲表 2-3-5 詳細說明：

表 2-3-5　白語單元音及其音位變體搭配原則分析表

音位	音位變體類型	音　節　搭　配　組　合　原　則
/a/	[a][ʌ][ɑ]	（1）[ʌ]和[ɑ]屬於[a]的音位變體模式 （2）[a]可以單獨置於主要元音韻腹成音節出現，亦可以與[i][o][u]組成二合複合元音形式[ai][ao][au] （3）[a][ʌ][ɑ]構成鼻化元音 （4）[ʌ][ɑ]表緊喉元音（緊聲調音節）及濁聲母音節 （5）[ɑ]在語法結構內表示複數形式，例如：他們[pɑ55]
/ɛ/	[ɛ][æ]	（1）[æ]屬於[ɛ]的音位變體模式 （2）[ɛ]和[æ]皆可構成鼻化元音，但在鬆緊元音的表現部分，僅[ɛ]可表緊喉元音（緊聲調音節） （3）[ɛ]和[æ]與[i]和[u]構成二合複合元音，普遍情形以[ɛ]表示，然[ɛ]又可與[e]形成語音對應現象，例如做爲食物類的「杏」：[e31]→[ɚ31]對應[ɣɛ21^{（緊）}]；又如詞例「剪」：[ke42]→[kɚ42]對應[kɛ21^{（緊）}]，白語詞彙系統內對於動詞「剪」亦有受到漢語雙音節借詞「剪裁」影響而以借詞音譯[tsai42]表示，此處筆者採用以「剪」的音讀做爲對應
/o/	[o][ɔ][ɔ˞]	（1）[ɔ]和[ɔ˞]屬於[o]的音位變體模式，白語整體語音系統內將此音讀普遍和近央元音之濁唇齒擦音做韻母音讀 [v] 對應，例如：詞例「桶」之語音對應[t'v31]/[t'ṽ31]→ [tsv31]：[t'ð31]（康福）/[t'ɔ˞21]（諾鄧） （2）[o]屬於一般音節，可與[i][a][u]構成二合複合元音；[ɔ]屬於特殊音節與[i]的組合視爲[io]的音位變體模式 （3）[ɔ˞]爲捲舌元音，不構成鼻化元音，表緊喉元音（緊聲調音節），一般與舌尖中音系統例如：詞例「桶」[t'ɔ˞21]、詞例「筐」[nɔ˞44^{（緊）}]、舌尖後音例如單位量詞「一架機[sɔ˞55]」、描繪打鐵動作的動詞「鑄[dzʐɔ˞42]」及軟顎舌根音例如單位量詞「一支舞[k'ɔ˞55]」、單位量詞「一條河[kɔ˞35]」搭配，聲母普遍以舌根音、舌尖中音和翹舌音爲基本

		（4）[o]和[ɔ]構成鼻化元音和緊喉元音（緊聲調音節），[o]在語法結構內表示主格和賓格的單數形式，例如：我[ŋo33]=[ŋɔ31] （[ɔ]為[o]的音位變體，舌位較[o]低且開口度較大，對於字詞義並未產生影響，例如詞例「竹」：[tso44]→[tsv44]對應[dzɔ̍44]（諾鄧），並未對語音釋義產生影響）

/i/	[i][ɿ][ʅ][ɨ]
	*[i]－[j]
		（1）舌面前高元音[ɿ]和舌面後高元音[ʅ]屬於[i]的音位變體模式
		（2）[i]通用於一般所有音節
		   [ɿ]置於舌尖前元音後[ts_][tsʻ_][s_][z_]
		   [ʅ]置於舌尖後元音後[tʂ_][tʂʻ_][ʂ_][ʐ_]
		（3）[i]表緊喉元音（緊聲調音節）並構成鼻化元音
		（4）結構靈活可構成二合複合元音及三合複合元音形式
		（5）[ɨ]可置於雙唇鼻音[m_]後，亦合流於[i]音，並可置於特定語區內的特殊音讀舌葉音後，例如：
		（6）[j]為[i]之半元音，當[i]與雙唇音和舌尖音相拼組成音節時，其[i]弱化發半元音[j]
		（7）[j]亦能做為聲母與元音相拼合
		例如：羊[jã21]、煙[je44]、村莊[jɯ44]、震動[ju31]借自漢語的詞彙亦有之：搖（頭）[jɑo31]、樣[ja31]

/y/	[y]=[ui]	（1）[y]適用於舌面音=[舌面音_]，主要拼讀音結節構以[ui]表示 （2）可構成鼻化元音，[y]整體音節搭配能力較弱，二合複元音例如：[yi]、[ya]、[yɛ]、[yɚ/yɚ̃]和[ye/yẽ]等，在音節結構內較不顯著 （3）[y]之音位變體為[ɥ]顎近音
/u/	[u][ʉ] *[u]－[ʷ]	（1）[u]通用於一般所有音節 （2）[u]和[ʉ]可構成鼻化元音，[u]表緊喉元音（緊聲調音節） （3）與[i][a][ɛ][e][o][ɣ]構成二合複合元音，與捲舌音[ɚ]構成三合複合元音 （4）[ʉ]一般置於舌尖中塞音[t_]後 （5）[ʷ]為[u]之半元音，當[u]與舌根音相拼組成音節時，其[u]弱化發半元音[ʷ] （6）[w]亦能做為聲母與元音相拼合
/ɯ/	[ɯ][ə][ɚ][ɣ]	（1）[ə]、[ɚ]和[ɣ]屬於[u]的展唇元音[ɯ]的音位變體模式 （2）[ɯ][ə][ɚ]構成鼻化元音，僅[ɣ]不構成鼻化元音，表濁聲母音節並僅出現在舌根後聲母後；[ə]為央元音表示清聲母音節，[ɚ]為央化捲舌音。其中[ɣ]可與[ɯ]對應，例如詞例「樹」：[tsɯ31]對應[dzɣ21^(緊)]（諾鄧），特別在諾鄧語區部分，[ɚ]音節結構普遍搭配舌根音、舌尖中音和翹舌音

		（3）[ɯ][ə][ɚ][ɤ]可表示緊喉元音（緊聲調音節）
		（4）[ɯ]在語法結構內表示領格的單數形式及指示代詞
		（5）[ɯ]之音位變體[ɰ]軟顎近音
/e/	[e]	（1）[e]做為單元音時，具有鼻化及緊喉元音（緊聲調音節）性質；做為複合元音時，[e]與[i][u]構成二合複合元音[ei]和[ue]
		（2）[e]在音節結構內較為特殊，整體搭配能力較弱，主要在白語北部語源區內具有複合元音及其鼻化現象[ie]/[iẽ]和[ye]/[yẽ]之音讀，但在白語整體語音結構內時與[ɛ]音讀形成韻讀語音對應現象
/v/	[v]/[ṽ]	（1）[v]在白語語音系統內有特殊結構，可做為聲母使用及以零聲母形態的韻母音讀使用，亦能與唇齒音[f_]搭配為音節結構，並與[u]構成二合複合元音，白語語音系統內普遍亦有聲母和主要元音同時以[v]並列為音節結構出現
		（2）[ṽ]為音位變體模式，[v]具有鼻化現象但不具緊喉元音（緊聲調音節），此音近央化後形成「成音節韻母元音」
		（3）[ṽ]主要發音位置在上齒和下唇之間，此音的舌面及唇形位置相當於[ɤ]，且聲母為鼻音時可念讀為[ɱ]

　　白語單元音及其音位變體內，具有「近音（Approximant）」韻母類型。所謂「近音」，據朱曉農的說法可知，其指的是主動調音器官和被動調音器官相距很近的輔音，然而，其接近度加氣流量，還不足以產生湍流和摩擦，所產生的音質現象［註33］；而白語音位系統經歸納整理，即具有四種「近音」類型，與元音甚為接近，並從純元音無擦的發音現象，逐漸產生些微摩擦的情形，以下整理關於白語音位系統內的「近音」及其相關使用屬性為表 2-3-6 說明：

表 2-3-6　白語音位系統內的「近音」音值屬性

唇齒近音	齒齦近音	顎近音	圓唇軟顎近音
v	ɹ	j	w
視同元音	類元音	類元音	類元音
*	*	可當介音	可當介音
類 u 的音位變體	類 ɚ 和 i	i 的音位變體	u 的音位變體

〔註33〕 朱曉農：〈近音——附論普通話日母〉《方言》第 1 期（2007 年），頁 2～9、參耘：〈對國際音標理解和使用的幾個問題〉《方言》第 2 期（2005 年），頁 168～174。

*	與日母音讀相混 日音性近音質性	*	屬於聲母的形容性成分 以此建立圓唇和非圓唇 對立的舌根音和喉音〔註34〕。 產生喉唇通轉「*Kw->*P-」的 演變現象

從語音學和音系學的觀點來看，近音普遍屬於濁音性質，近音歸類在日音（Rhotics）範疇內，與邊音同屬流音性質，而近音、流音甚至是鼻音，又再被包含在更大的「響音」範圍內。〔註35〕

2. 發音部位和方法的搭配原則：

藉由對於音位變體的論述分析，進一步依據發音部位和發音方法，概述白語單元音在組合搭配過程中，四項重要原則及相應語音現象。

首先在單元音韻母組合搭配過程中的重要原則有：

（1）單元音韻母構成零聲母音節時，在韻母前會產生去零化的語音現象，即是在聲母位置增添音節結構。

（2）舌尖元音[ʅ]和[ɿ]已形成，主要出現在舌尖和翹舌清濁塞音和塞擦音後。

（3）雙唇鼻輔音[m]、舌尖鼻輔音[n]和軟顎舌根鼻鼻音[ŋ]做聲母時，其後所搭配的韻母元音皆具有鼻化音值現象，除了雙唇鼻輔音[m]、舌尖鼻輔音[n]和軟顎舌根鼻鼻音[ŋ]做聲母外，白語整體語音系統內的陽聲韻母已脫落併入陰聲韻內，也因為陽聲韻尾的脫落歸併進而使得韻母形成陰陽對轉的語音演變現象。

（4）透過單元音韻母之音位高低、鼻化與否及元音鬆緊等原則，並配合相關的聲調值變化及聲母送氣與否以表示不同的語義現象，白語採用這種韻母變化配合聲母和聲調值的音節結構來表示豐富的量詞變化，形成整體詞彙系統內豐富的量詞類型。例如：[ũ55]和[u55]，

〔註34〕 蒲立本著，潘悟云、徐文堪譯：《上古漢語的輔音系統》（北京：中華書局，1999年），頁 47～50。

〔註35〕 朱曉農：〈關於普通話日母的音值〉文，收錄於《音韻研究》內（北京：商務印書館，2006 年），頁 132～134、朱曉農：〈音標選用和術語定義的變通性〉收錄於《音韻研究》內（北京：商務印書館，2006 年），頁 155～169。

透過元音是否鼻化，分別表示作量詞使用之稱量「布質」類並釋義為「幅」的鼻化音讀[ũ55]，和表示可以使用手掌一手抓起，特別是用以稱量「蔬菜」類的量詞並釋義為「叢或把」的非鼻化音讀[u55]；又如：[t'ã55]和[t'au55]，這組語音現象皆屬於源自於漢語借詞的詞彙，白語借入後，分別就鼻化與否有不同的釋義，鼻化音讀[t'ã55]表示「灘，普遍用以表示『一灘水』」的量詞，和非鼻化音讀[t'au55]表示「套，普遍用以表示『一套衣服』或『一套家俱』」的量詞，此兩例語音結構皆屬於近現代語音層的漢語借詞音讀現象，由單元音裂化為複合元音，並脫落元音的鼻化成分以形成另一種新的語義。

白語在這類以鼻化與否的量詞結構上，同樣也受到後置的稱量詞影響，進而決定是否在元音上增加鼻化的現象。例如：[k'o31]，主要本義釋義為「窩」，表示表面天然的凹隱樣貌，由此凹隱樣貌，進而引申表示禽獸或其他動物的巢穴，也用以譬喻人或動物聚居的地方，相當特殊的音節結構是，白語在未添加鼻化成分的[k'o31]音讀，主要本義用以稱量韻尾本不具備鼻化的陽聲韻名詞詞彙，例如：「一窩鼠[k'o31 so33]」、「一窩鳥[k'o31 tsao33]」，由於嘴的外貌如同凹隱樣，因此其單位量詞亦使用[k'o31]表示；反之，當後置名詞為陽聲韻名詞時，[k'o31]便添加鼻化成分為[k'õ31]以示區辨，例如：「一窩腦[k'õ31 nãu33]」、「一口井[k'õ31 tɕə̃33]」，如此語音構詞現象，受有後同之相鄰同化影響。

歸納韻母音位及其變體的相對應語音現象，主要是產生於濁唇齒擦音[v]的音位變體[ṽ]、翹舌央元音[ɚ]和撮口音[-y-]、[o]的音位捲舌音變體[oʴ]，及[ɛ]的裂化複合元音等語音類型上，主要在漕澗、諾鄧及北部語源區等語區的音位系統內產生的特殊對應。主要有以下二種語音現象：

1. 濁唇齒擦音[v]的音位變體[ṽ]之韻母對應

濁唇齒擦音[v]的音位變體[ṽ]相關韻母元音對應，主要就漕澗語區進行語音對應說明，特別以漕澗為例，是因為根據調查的語源材料顯示，漕澗語區具有此種濁唇齒擦音的韻讀語音形式。針對白語語音系統內濁唇齒擦音[v]的相關對應現象，整理以表 2-3-7 述明：

表 2-3-7　濁唇齒擦音[v]的語音相關對應〔註36〕

詞彙釋義	漕澗	昆明	大理	劍川	諾鄧音讀	其他語區音讀	韻母輔音對應
圈牲口	nṽ42	（fṽ42）	（fṽ42）	（fṽ42）	nɔ⁺42（緊）	u31	v→ɔ⁺→u
拴牛	pã31	fṽ42	ṽ42	fṽ21	ba21（緊）	quɯ55/p'ɚ42	v→a/ã→ɯ→ɚ
動	tṽ31	tuɛ31	tṽ31	tṽ31	dɚ21/tsa21	tsã31/t'õ31	v→ɛ→ɚ→a→o
女	n̥ṽ33	nye33	n̥ṽ33	jṽ33	n̥ɔ⁺44（緊）	n̥v33/niũ33/mãu33 tu33 tsɿ33	v→v→ɔ⁺→ãu iu→ye→u
身軀	ts'ṽ42	ts'ɛ55	tsɿ55	ts'ɛ̃55	tʂʅ55	ts'i55/tɕ'i55	v→ɛ→ɤ/ʅ→ɛ̃ →i
住	si31	kuɛ42	kṽ32	kṽ32	kɔ⁺42（緊）	qu42/qṽ42/ko42（緊）	v→ɛ→ɔ⁺→u →o→i
聽	tɕ'ṽ42	tɕ'iɛ55	tɕ'e55	tɕ'ɛ55	tɕ'ɛ55	tɕ'e55/tɕ'ɚ55 tɕ'ã55/tɕ'iã55	v→iɛ→e⁺→e→ ɛ→ɚ→a→iã

透過表 2-3-7 關於濁唇齒擦音[v]的分析歸納可知，濁唇齒擦音[v]的音位變體[ṽ]，其韻母對應具有多元語音成分，較為特殊的對應語音，是對應半開前不圓唇元音[ɛ]，此韻讀語音現象普遍與「顎化舌面音」的聲母搭配，亦可與「舌尖塞音及塞擦音」和「軟顎舌根音」搭配對應。

2. 撮口音[-y-]的韻讀語音對應

白語語音系統受到明代本悟《韻略易通》所屬的西南官話影響，使得韻讀系統內撮口音[-y-]音，在要形成相關音位之前，便因「韻略」的語音現象，即韻部省併節略而消失，然而，受到近現代漢語借詞音讀系統影響，白語語音韻讀系統逐漸形成撮口音[-y-]，但實際在語音結構內使用仍未顯普遍。針對白語語音系統內撮口音[-y-]的語音對應現象，整理為表 2-3-8 予以說明：

〔註36〕關於表格內論述所以的對應語料來源說明：除了筆者自行調查的語料外，亦查閱徐琳和趙衍蓀編著的《白語簡志》和《白漢詞典》等詞典相關語料，及袁明軍《漢白語調查研究》、王鋒《昆明西山沙朗白語研究》和汪鋒《語言接觸與語言比較——以白語為例》等研究者相關著作，發現此音讀現象除了筆者調查的語源區「漕澗」外，在昆明、大理和劍川語區皆有相關的韻母元音形式；因此，除了漕澗語區外，並額外以上述字詞典及著作內的語料為輔助，以其更詳實地對應此種韻母元音的特殊韻讀現象，以獲得確實證據說明論點。以下相關的分析語料表格說明，其來源相同，一併在此註說明。

表 2-3-8　韻母撮口音[y]的語音相關對應

詞彙釋義	漕澗	昆明	大理	劍川	諾鄧音讀	其他語區音讀	韻母輔音對應
轉	tɕuã42	tɕye42	jui32	tsuẽ42	tʂue21（圈） y21（身）	tsue32/tsui32 zuɛ42/zyɛ42/zye42	ua→uɛ→ue →ui→yɛ→ye
稱	tɕʻuã42	tɕʻye55	tɕʻui55	tɕʻuẽ55	tɕʻy33	pʻi55/tɕʻuã55	ua→ue→ui →ye→y→i

藉由白語韻讀系統內的特殊音位變體對應歸納可知，音位間之所以形成複雜的語音對應，與其正處於音位演變的過渡階段有關。

白語韻讀系統除了濁唇齒擦音[v]和撮口音[y]，二種韻母變體現象的語音對應外，在諾鄧語區內還有[-i-]和[-u-]類的韻母元音變體現象的語音對應，例如：詞例「近[ʥi33]」其韻母主元音對應具有[i]音值成分的「[e]：[tɕe33]」，和其高化的前元音「[i]：[tɕi33]」；詞例「帶[tɕʻɨ31]」其韻母主元音對應具有[i]音值成分的「[e]：[te44]」，和受到漢語借詞影響，而使單元音裂化為複合元音「[ai]：[tai33]」的語音形式；又如詞例「男陰[dʉ33]」，其主元音對應相應的「[u]：[tu33]/[du33]（此詞例聲母兼具清濁相對語音）」，在北部語源區洛本卓亦探查到相同釋義「男陰」詞例，其對應「[v]：[dv33]」的語音現象。

貳、複合元音韻母搭配現象

白語做為藏緬語族的親族語言，元音也具有鬆緊之別，元音的鬆緊對立普遍由「韻母的舒促對立」轉化而來，即鬆元音與舒聲韻對立、緊元音與促聲韻對立。換言之，元音鬆緊和聲母及聲調具有極為密切的關連性，並以喉頭緊縮做為區辨音位準則；以白語而言，其聲母在塞音、塞擦音和擦音內具有清濁對立現象、具有單元音和複合元音韻母，複合元音韻母以二合為主三合較不普遍，並以元音鼻化代表鼻音韻尾，雖不具帶塞音韻尾的入聲韻，但塞音韻尾的入聲韻卻因喉音的脫落而留存在聲母內。

白語韻母系統從古至今主要以單元音為發展基礎，由單元音經由裂化現象形成複元音韻讀形式，最主要的因素，是受到漢語的接觸影響，進而使穩定發展的單元音經由裂化作用形成複合元音形式。針對裂化作用形成的複元音語音現象，特別就白語韻母系統內，具有的雙合元音和三合元音進行相關音系組合搭配，依據韻母鼻化與否分成二部分說明。表 2-3-9 歸納聲母與非鼻化，包含

雙合和三合韻母間，彼此在音位結構間的組合關係，表 2-3-10 在從鼻化的原則展開雙合和三合韻母與聲母間的音位結構組合分析，表格內的韻欄位部分，有 5 個韻具有上下分層，這顯示白語音韻系統內音位和其變體的語音現象：

表 2-3-9　白語聲母系統和非鼻化複合韻母音位系統配合表〔註37〕

韻＼聲	ia iA	iɛ iæ	io iɔ	iɯ	iu	ai	au	ao	ei	ou	ui	ua uA uɑ	uɛ uæ	ue	uo	uy	iau	iou	iər	uən
p	+	+	−	+	−	−	+	+	+	+	−	−	−	−	−	−	+	+	+	−
p'	+	+	−	+	−	+	+	+	+	+	−	−	−	−	−	−	+	+	+	−
b	+	+	+	+	−	−	−	−	−	−	−	−	−	−	−	−	−	−	−	−
m	−	−	−	−	−	+	−	+	+	+	−	−	−	−	−	−	−	−	−	−
f	−	−	−	−	−	−	−	−	−	−	−	−	−	−	−	−	−	−	−	−
f'	−	−	−	−	−	−	−	−	−	−	−	−	−	−	−	−	−	−	−	−
v	−	−	−	−	−	−	−	−	−	+	−	−	−	−	−	−	−	−	−	−
t	+	+	+	+	−	+	+	+	+	+	+	+	+	+	+	−	+	+	−	+
t'	+	+	+	+	−	+	+	+	+	+	+	+	+	+	+	−	+	+	−	+
d	+	−	+	+	−	−	−	−	−	−	−	+	+	+	−	−	−	−	−	−
n	−	+	−	−	−	+	−	+	+	+	−	−	−	−	−	−	−	−	−	−
l	+	+	−	+	−	+	+	+	+	+	+	+	+	−	−	−	−	−	−	−
ts	−	+	−	−	−	+	−	+	+	+	+	+	+	+	−	−	−	−	+	−
ts'	−	+	−	−	−	+	−	+	+	+	+	+	+	+	−	−	−	−	+	−
dz	−	−	−	−	−	−	−	−	−	−	−	+	+	+	−	−	−	−	−	−
s	−	−	−	−	−	+	−	+	+	+	+	+	+	+	−	−	−	−	−	−
s'	−	−	−	−	−	+	−	+	−	+	+	+	+	+	−	−	−	−	−	−
z	−	−	−	−	−	+	−	−	−	+	−	+	−	+	−	−	−	−	−	−
tʂ	−	−	−	−	−	−	−	−	−	−	−	+	+	+	−	−	−	−	−	−
tʂ'	−	−	−	−	−	−	−	−	−	−	−	+	+	+	−	−	−	−	−	−
dʐ	−	−	−	−	−	−	−	−	−	−	−	+	+	+	−	−	−	−	−	−
ʂ	−	−	−	−	−	−	−	−	−	−	−	+	+	+	−	−	−	−	−	−
ʐ	−	−	−	−	−	−	−	−	−	−	−	+	−	+	−	−	−	−	−	−
tʃ	−	−	−	−	−	−	−	−	−	−	−	−	−	−	−	−	−	−	−	−
tʃ'	−	−	−	−	−	−	−	−	−	−	−	−	−	−	−	−	−	−	−	−

〔註37〕表格內聲母和韻母部分皆以白語北、中、南三語區完整的語音概況詳列；需特別說明的是，元音撮口[y]音節在白語語音系統內，其整體搭配能力較弱且結構不明顯，故音位系統配合表內不列舉分析。

ʥ	−	−	−	−	−	−	−	−	−	−	−	−	−	−	−	−
ʃ	−	−	−	−	−	−	−	−	−	−	−	−	−	−	−	−
ʒ	−	−	−	−	−	−	−	−	−	−	−	−	−	−	−	−
tɕ	+	−	−	−	+	−	+	−	−	−	+	−	−	−	+	+	+
tɕ'	+	+	−	−	−	+	+	−	−	−	+	−	−	−	+	+	+
ʥ	−	−	−	−	−	−	−	−	−	−	−	−	−	−	−	−
ç	−	−	−	−	+	+	−	−	−	−	+	−	−	−	−	−	+
ç'	−	+	−	−	−	+	−	−	−	−	−	−	−	−	−	−	−
ʐ	−	−	−	−	−	−	−	−	−	−	−	−	−	−	−	−
ɳ	−	−	−	−	−	−	−	−	−	−	−	−	−	−	−	−
j	−	−	−	−	+	−	−	+	−	−	−	+	−	−	+	−	−
k	−	−	−	−	+	+	+	−	+	−	+	+	−	−	−	−	−
k'	−	−	−	−	+	−	−	−	−	−	−	−	−	−	−	−	−
g	−	−	−	−	−	−	−	−	−	+	+	−	−	−	−	−	−
x	−	−	−	−	+	+	+	−	+	+	+	−	+	+	−	−	+
x'	−	−	−	−	+	−	−	−	−	−	−	−	−	−	−	−	−
ɣ	−	−	−	−	−	−	−	−	+	−	+	+	−	−	−	−	−
ŋ	−	−	−	−	−	−	−	+	−	+	+	−	−	+	−	−	−
w	−	−	−	−	−	−	−	−	−	−	−	−	−	−	−	−	−

　　進一步分析白語聲母系統和鼻化複合韻母間的整體搭配狀況，表格內的韻欄位部分，有 5 個韻具有上下分層，這顯示白語音韻系統內音位和其變體的語音現象：

表 2-3-10　白語聲母系統和鼻化複合韻母音位系統配合表〔註 38〕

韻 \ 聲	iã / iᴀ	iæ / iɛ	iõ / iɔ	iũ	ãu	uã / uᴀ	uæ / uɛ	uõ	iãu	iɚ̃	uɚ̃
p	+	+	−	+	+	−	−	−	+	+	−
p'	−	+	−	+	+	−	−	−	−	+	−
b	−	−	−	−	−	−	−	−	−	−	−
m	+	+	−	+	+	−	−	−	−	+	−
f	−	−	−	−	−	−	−	−	−	−	−
f'	−	−	−	−	−	−	−	−	−	−	−
v	−	−	−	−	−	−	−	−	−	−	−
t	+	+	−	+	+	+	+	−	−	−	−

〔註 38〕表格內聲母和韻母部分皆以白語北、中、南三語區完整的語音概況詳列。

t'	−	+	−	+	+	−	+	−	−	−	+
d	−	−	−	−	−	−	−	−	−	−	−
n	+	+	−	+	+	+	−	−	+	−	−
l	+	+	−	−	−	−	−	−	−	−	−
ts	−	−	−	−	+	+	+	−	−	−	+
ts'	−	−	−	−	+	+	+	−	−	−	+
dz	−	−	−	−	−	−	−	−	−	−	−
s	−	−	−	−	+	+	+	−	−	−	+
s'	−	−	−	−	+	+	−	−	−	−	+
z	−	−	−	−	+	−	+	−	−	−	+
tʂ	−	−	−	−	−	−	−	−	−	−	−
tʂ'	−	−	−	−	−	−	−	−	−	−	−
dʐ	−	−	−	−	−	−	−	−	−	−	−
ʂ	−	−	−	−	−	−	−	−	−	−	−
ʐ	−	−	−	−	−	−	−	−	−	−	−
tʃ	−	−	−	−	−	−	−	−	−	−	−
tʃ'	−	−	−	−	−	−	−	−	−	−	−
dʒ	−	−	−	−	−	−	−	−	−	−	−
ʃ	−	−	−	−	−	−	−	−	−	−	−
ʒ	−	−	−	−	−	−	−	−	−	−	−
tɕ	+	+	−	−	+	−	+	−	−	+	+
tɕ'	−	+	−	−	+	−	+	−	−	+	−
dʑ	−	−	−	−	−	−	−	−	−	−	−
ç	−	−	−	+	−	+	−	−	−	−	−
ç'	−	−	−	−	−	−	−	−	−	−	−
ʑ	−	−	−	−	−	−	−	−	−	−	−
ȵ	−	−	−	−	−	−	−	−	−	−	−
j	−	−	−	−	+	−	+	−	−	−	−
k	−	−	−	−	+	+	+	+	−	−	+
k'	−	−	−	−	+	+	+	+	−	−	−
g	−	−	−	−	−	−	−	−	−	−	−
x	−	−	−	−	−	+	+	−	−	−	−
x'	−	−	−	−	−	−	−	−	−	−	−
ɣ	−	−	−	−	−	−	−	−	−	−	−
ŋ	−	−	−	−	+	−	−	−	−	−	−
w	−	−	−	−	−	−	−	−	−	−	−

白語語音韻讀系統內的複合元音與單韻母元音相同，皆能區分鼻化現象，然而，白語實際語音現象處於鼻化和鼻化脫落的過渡情形，也因此產生陰陽對轉的語音演變現象，白語語音韻讀系統在複合元音部分主要以雙元音爲基本複合元音模式，三合元音爲輔，鼻化與非鼻化間並未有對應，呈現不平衡狀態；然而，在白語語音韻讀系統內之複合元音雙元音和三合元音的形成，普遍是因融合漢語借詞語音特徵而產生，由單元音進而裂化爲複合元音系統，如此亦形成白語整體語音之文白異讀現象，白讀音屬口語常用音讀，文讀音屬於書面音讀，白讀音在白語整體語音系統內主要以單元音爲基礎，文讀音受到漢語借詞音讀影響而裂化，主要以複合元音爲基本語音形態。

第四節　白語音韻結構分析與語區音韻系統說明

歷來對於不同語言間的分析研究，基本植基於歷史比較語言學內的相關理論和研究方法，研究白語亦不例外。從白語和漢語的對音加以對比分析，更能確實理解白語與漢語在共時層面上的異同，及白語與漢語在接觸交流後，在歷時層面上的演變規律，藉由古時的語音演變現象，來探討現代語言成型的相關歷程，此外，並就本文研究語源區相關音韻系統歸納說明。

壹、音韻結構分析

各種語言皆有其不同的音節結構類型，一個音節內部的輔音和元音的數量及其位置甚或元音和輔音的結合方式等，都能表現出此種語言的音節結構類型。音節結構主要由聲母＋韻母＋聲調三部分組成，這三部分組成音節結構的第一層級，再者，從韻母系統內又可再析出介音、主要元音和韻尾三部分，歸屬於音節結構的第二層級，此二層級搭配非音質音位的聲調音高變化，則形成完整的音節結構，白語音節結構模式，主要仍是依循此種層級架構進行語音組合。

因此，根據白語語料進行整理分析後，進而將白語音節類型歸納爲「零聲母音節」和「輔音聲母音節」兩大聲母之音節格式。詳細音節分類說明，以表2-4-1「白語音節結構分析」搭配相應例字說明：〔註39〕

〔註39〕在此需說明的是：關於本文論述所用之語料範例，皆來源於附錄所列之調查方言

表 2-4-1　白語音韻結構分析表 [註40]

結 構 方 式		聲母	韻　母				聲　調
			韻頭	韻腹	韻尾		
例　字		輔音	元音	元音	元音	輔音	調　型
零聲母	鴨 ɑ44 飲 / 喝 ɯ33/ɣɯ33 凹 ʔɔ42 蠅 iɯ21/sɯ21/zɯ21	ɣ ʔ s/z/i		ɑ ɔ ɯ			次高平調 次高降調
	魚 ŋv55→ŋo55 魚 mv55/mv42/mv35	ŋ m		v→o			高平調 借詞調值
	陰 ɚ44			ɚ			次高平調
	鵝 ð21			o（ð）	（ð）		次低降調
	食 / 吃 jɯ44		j	ɯ			次高平調
	瓦 uɚ̃42/uv42		u	ɚ̃/v	（ɛ̃）		次高降調
	藥 jou44		j	o	u		次高平調
輔音聲母	教 qã55/kã55/ka35	k/q		a/ã	（ã）		高平調 升調
	1.學 / 讀 ɣɯ42 2.力 / 力氣 ɣɯ42	ɣ		ɯ			次高降調
	奶 / 奶汁 pa42	p		a			次高降調
	十 tsɿ42/tʂʅ42	ts/tʂ		ɿ/ʅ			次高降調
	黃 ŋv21→ŋo21 黃 vṽ31	ŋ v		ṽ/v/o			中高降調 次低降調
	聽 tɕʼɚ55	tɕʼ		ɚ			高平調
	月 ŋʷa44/ŋʷa33 月 ŋua44/ŋua33 演變：ŋua→ŋo→ua	ŋ	w（u）	a			中平調
	抬 pia44	p	i	a			次高平調
	香 ɕioũ55 演變：ɕioũ55→ɕou55→ɕõ55	ɕ	i	o	ũ		高平調

地，便不再隨文後附註說明；若因論述需求，需引用較多語料論證說明，其語料
來源若屬於本文附錄以外之語料例，為求行文流暢，將於引用之表格或說明後隨
文附註補充。

〔註40〕 本表 2-4-1 在例字音節後之聲調以調值說明其發音現象，並依據聲調調值，在表格
內的聲調調型欄，分析其調型類別，針對例字屬性來源說明其語源現象。

在音節結構分析表的基礎上，進一步針對音結說明其組成的相關結構條例。以字母 C 代表聲母、M 代表介音韻頭、V 代表韻母（以 V1 代表非鼻化元音韻尾、V2 代表主要元音韻腹、V3 代表鼻化元音韻尾、G 半元音），E 代表輔音韻尾，T 代表聲調；依循音節結構原則，將「白語音節結構分析」表內所述的相關音節結構逐層分析出 12 種標準條例為表 2-4-2，並針對此 12 種白語音節結構條列，說明語音演變現象：

表 2-4-2　白語音節結構條例

標號	音節結構條例	例　字	語音現象說明
1.	（C）＋V2＋T	鴨 ɑ44；凹 ʔɔ42	聲母為零聲母時，其聲母位置產生去零化現象，普遍增添 [ɣ-]或[ʔ-]音
	V2＋T	陰 ɚ44；喊 ũ44	
2.	V2＋V3＋T	鵝 õ21；吞 ẽ42	V3 表示 V2 的元音鼻化做韻尾使用
3.	M＋V2＋T	食／吃 jɯ44；邑／村 jɯ（後高元音）邑／村 ji44（前高元音）	此處 M 表示的介音韻頭特別指稱以半元音為韻頭的語音現象，特別是詞例「邑（村）」其聲母隨著韻母半元音與主要元音韻母[ɯ]或[i]做用後並產生聲母擦音化現象，韻母亦持續高頂出位形成[z̩44]
4.	M＋V2＋V3＋T	瓦 uɤ̃42；瓦 uṽ42	主要元音為鼻化元音或成音節鼻音韻[v]做元音韻尾使用
5.	M＋V2＋V1＋T	藥 jou44；運 jui55	V1 為非鼻化元音韻尾韻母「類複元音[-ui-]」實為白語用以表示撮口[-y-]介音之語音現象，詞例「運」之語音屬於漢源歸化現象
6.	C＋V2＋V3＋T	教 qã/kã55；酒 tsõ33	V3 表示 V2 的元音鼻化做韻尾使用
7.	C＋V2＋T	奶／奶汁 pa42；學／讀 ɣɯ42	V2 主要元音出現舌尖前元音[-ɿ]和舌尖後元音[-ʅ]現象，此種語音現象屬於近現代語音現象
	C＋V2＋T	過繼 zɿ31；試試 ʂʅ31	
8.	①C＋V2＋T	黃 vṽ31；黃 ŋo21	V2 可以成音節或非成音節鼻音韻[-ṽ-]出現；舌根音輔音[-ŋ]可置於聲母
9.	②E＋V2＋T		
10.	E＋G＋V2＋T	月 ŋʷa33；旁 kʷa33	聲母和主要元音間出現半元音，此半元音鏈動著聲母的語音演變

11.	C＋M＋V2＋T	抬 pia44；不行 tua42	M 介音可以[-i-]或[-u-]表示
12.	C＋M＋V2＋V3＋T C＋M＋V2＋V1＋T	香 ҫioũ33；（妖）怪 kuai42	複合元音現象屬漢語借詞語音特徵

　　白語音節結構的組成，藉由聲母、韻母和音素的組成現象可知，受到漢語接觸深化的影響，排擠存在於白語語音系統內，屬於藏緬彝親族語及其他周圍親族語間的語音影響，漢語強勢的接觸滲透，也使得屬於滯古層的藏緬彝親族語的影響，從封閉的語音系統注入漢語的影響，使得白語語音系統內層次疊置複雜難分。針對白語和漢語因接觸，讓彼此間產生因接觸融合的相同點，分別韻母元音和輔音韻尾、聲調和總體音節結構四方面加以闡述：

1. 元音方面

　　白語和漢語兩種語言都屬於元音優勢語，特別是白語主要以上古六大元音為其主要元音演變的基礎架構，並以單元音系統為其韻母元音主體現象，不論音節結構組合成多少類型，元音在結構內都掌握主導地位，每個音節至少都要具備一個元音，不僅如此，元音在音結節構內是可以獨立成音節出現，白語在介音部分主要以[-i-]、[-u-]和[-ɯ-]為主要的語音現象，隨著語源區方言的差異，在[-i-]介音部分亦有以半元音[-j-]或[-r-]為語音表現形式；在主要元音韻腹方面，其[-i-]音做為韻母主要元音時，受到近現代漢語語音影響，使其逐漸高頂出位，進而由[-i-]往舌尖前元音[-ɿ]和舌尖後元音[-ʅ]等舌尖元音語音現象發展。

2. 輔音韻尾

　　白語和漢語兩種語言的輔音在音節內不能連續出現，且以普遍出現在音節首當聲母或置於音節尾當韻尾，需特別說明的是，白語的輔音韻尾不如漢語具有陽聲韻（[-m][-n][-ŋ]）和入聲韻（[-p][-t][-k][-ʔ]），白語在韻尾陽聲韻的表現形式上是以「元音鼻化」或「成音節鼻音韻」的現象為主要表現模式，受漢語借詞影響，其陽聲舌尖及舌根[-n]和[-ŋ]韻尾亦有之，但記音方面仍不特別標示，仍以元音鼻化的語音現象表示，更有甚者連鼻化現象亦逐漸脫落，且舌根輔音[-ŋ]韻尾在白語聲母的語音系統內亦允許在音節起始做為聲母出現，不僅如此，入聲韻喉塞音[-ʔ]在零聲母內亦有做為聲母的語音現象；白語音節特殊現象即是無輔音即無鼻輔音收尾，因此屬於絕對開音節型。

3. 聲調部分

白語和漢語兩種語言都屬於聲調語言，白語依據元音鬆緊、滯古語音聲母擦音送氣與否之異及爲承載漢語借詞而新興的調值類別，基本將整體聲調值系統區分爲 8 類，然而，隨著上聲和去聲在陰陽調值的區辨逐漸合流之下，白語實際調值系統配合中古漢語聲調值語音現象後僅具：陰平調、陽平調、上聲、去聲、陰入調和陽入調 6 類，但是，在白語與漢語接觸日益深化，借詞愈加繁盛後，其漢語借源詞借入後，使得原調類系統產生相當程度的動盪，相應而生的，是爲漢語借源詞所新生的新興調值，以此豐富原調值系統的語音現象；白語與漢語相類之處，即是在豐富的同音字語音特徵下，付予「聲調」肩負區辨字詞語義，甚至是漢語借詞具有一字二讀語音現象，及語音引申影響語音發展等的重要作用，不僅如此，隨著白語各語區所在地域不同，及語區內部各地方音之不同的地域變體，而有不同的發音調值；與漢語不同的是，白語亦有將聲調搭配聲母清濁、送氣與否及元音高低，進行字詞語義的區辨之用。

4. 音節結構

白語和漢語在音節結構方面同屬「二分性」組合，所謂「二分性」組合即指每個音節都可以使用一分爲二的方法進行層層切分，一個音節可以分爲聲調和音段（音素）兩部分，音段（音素）下又分爲聲母和韻母，韻母下又再細分爲介音韻頭和韻腳，韻腳再分爲主要元音韻腹和韻尾。由此可知，白漢語的音節都是由聲調來駕馭聲母和韻母的一個整體「音塊」，此音塊具有凝聚性，使其音節結構不是單純聲母和韻母相加，而是聲母和韻母彼此間的協同配合有機結合體。

因此，將白語語音特徵視做一個分層級的立體結構，其音段特徵間的關係，借用句法學「一多指示語」的語杠結構樹狀圖來表示，如圖 2-4 分析：〔註41〕

〔註41〕 圖 2-4 之白語音節語杠結構分析圖，其圖示説明參閱：Levin , Juliette , A Metrical Theory of Syllabicity , Massachusetts : MIT, 1985, p.27-43，並依據白語語音現象改製而成。

圖 2-4　白語音節語杠結構分析圖

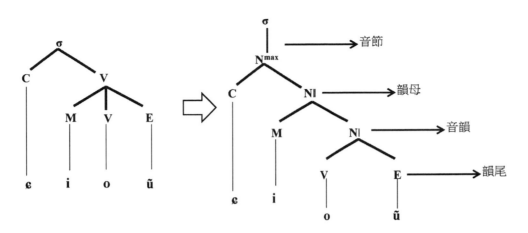

圖 2-4 左方圖表示漢語音節（σ）結構由兩大部份組成——聲母（C）和韻母（V），其中韻母最大結構由韻頭（M 介音）、韻腹（V）和韻尾（E）構成；進一步將白語音節結構置於語杠結構內加以分析發現，白語音節的最大結構也是一個多指示語的語杠結構，即圖 2-4 右方圖所列。將語杠結構各層剖析說明如下：

1. 聲母（C）是 N^{max}（音節，即中心成分的最大投射）的指示語。

2. 介音（M）是 N‖（韻母）的指示語，表明二點內容：（1）C 和 M 不在同一個音節內的結構成分（sub-constituent）內；（2）當介音前沒有輔音時，介音就是聲母，此時其作用為最大投射（N^{max}）的指示語。

3. 韻腹主要元音（V）是音韻（N∣）的中心（head），也是整個音節的中心，是音節中唯一不可缺少的成分。

4. 韻尾（E）是音韻（N∣）的補充成分，而語杠音節結構指稱 σ（包含 V、N∣、N‖和 N^{max}）為成分結構，認為聲母、介音和韻尾，分別為音節和韻母的「指示語」及「音韻的補充」成分，且白語語杠音節結構準確描述白語音節各結構成分的性質和特徵，甚至兩者間的相互關係，同時也如實反應白語語音結構的組成原理。

然而，不論白語對漢語的接觸屬於自願融合亦或政策上的被動融合，漢語在白語語音系統內的影響皆不容小覷，然而在吸收轉化的過程中仍同中有異，白語語音系統內部仍保有自身方言語音的特殊現象，其不同點分項列點論述如下：

　　第一在聲調方面，雖然白漢兩種語言都屬於聲調語言，但漢語在拼音過程屬於「非線性」組合，此處的非線性專即指在拼音過程中，聲調與構成音節的元音和輔音不在同一平面上，聲調是附加於聲母和韻母上之超音段音位，林燾和耿振生在《音韻學教程》書內指出〔註42〕，「聲調」是漢語音節結構的非線性表現；較之於聲調在漢語音節結構上屬於非線性表現，「聲調」對於白語而言，在白語音節結構上則屬於「線性」的組合關係，即指在拼音過程中，聲調與構成音節的元音和輔音同處於相同平面上，聲調並非屬於附加於聲母和韻母上的超音段，而是屬於依附在音節結構上的超音段成分，因此，白語透過音節結構類型，主要揭示：聲調（具備輕重音）、聲母、韻母（介音、主要元音、韻尾）、音節、語音詞等不同性質和層次，既獨立又彼此關聯的音段線性結構。

　　第二在零聲母起始方面，白語音節結構在開口呼韻母前，往往帶有輕微的喉塞音[ʔ]和舌根濁擦音[ɣ]，例如詞例：鴨[（ɣ）ɑ44]、凹[ʔɔ42]屬之；在齊齒呼、合口呼和撮口呼韻母前，則帶有一個同部位的半母音[j]、[w]、[ɣ]，例如詞例：吃[jɯ44]、藥[jou44]或（射）偏[wɛ35]等語例皆屬之。藉由實際音值和語流音變可看出零聲母佔據聲母位置，音節起始具有明顯輔音特徵，例如：開口呼前有喉塞音[ʔ]和舌根濁擦音[ɣ]，齊齒、合口和撮口呼前有較強的摩擦音等語音現象；因此，零聲母在白語音節中並非虛設，而是具有聲學表現和佔據音節空間的有效聲母。

　　從白族起源與族群接觸看白語的形成與發展，接續從現代語音學的理論爲基礎，分析白語總體語言有機體，在聲母方面的演變及其相關的結構特徵，在韻母方面則透過單元音韻母立足，因語言接觸影響，漢語借源詞音節結構的滲透融合，打破白語韻母單元音不變的系統，經由裂化作用形成複合元音形態，從其近古受到韻略並易通的韻之省併原則影響，元音產生鼻化成分取代韻尾的鼻音現象，聲母的鼻音也連帶牽動元音增添鼻化的可能性，白語語音系統內屬於滯古封閉的藏緬彝語音系統的影響仍不容忽視，影響聲母擦音送氣外，對於韻母的鬆緊性質，也影響了白語聲調的層次演變。由於白語聲調發展歷來變動較之聲母和韻母爲輕微，因此將聲調的發展說明統一於第六章白語聲調的層次分析章節內完整討論，本章對於白語聲調的探討，將從共時音變的角度進行相關議題探討。

〔註42〕林燾和耿振生：《音韻學教程》（北京：商務印書館，2004 年），頁 22。

貳、語區音韻結構

　　本部分將在第三節利用義素分析法，分析白語整體語區音韻結構的基礎上，各別說明本文調查採用的各語源區相關音韻類型。

一、北部語源區：共興、營盤、洛本卓

　　北部語源區保留白語滯古語音特色，藏彝語特徵仍較顯著，塞音、塞擦音具有清濁相對現象，聲母保留小舌音並與舌根音相混，聲母受到介音影響產生顎化現象甚為顯著，特別在唇音部分，重唇音與介音[-i-]因顎化形成舌面音[tɕ]/[dʑ]或舌尖音[ts]/[dz]，由於唇音本身帶有圓唇化[-u-]音影響，而顎化還原[-u-]介音，形成白語特殊的「女國音」現象，而此種女國音又影響唇音舌尖音化後產生翹舌化現象；此外，唇音又與介音[-u-]作用而與舌根音產生通轉；舌尖音亦受到介音[-i-]影響而舌尖前音化及翹舌化，特殊之處在於白語舌根音（含小舌音併入後的廣義舌根音），除了產生顎化作用外，更有逆返之回頭音變之去顎化語音現象。

　　以下依據發音方法和發音部位，將調查的白語北部三語源區聲母概況呈現如下所示：

（一）聲母類型

發音部位＼發音方法	塞音和塞擦音			鼻音	邊音	擦音			無擦通音
	清 不送氣	清 送氣	濁			不送氣		送氣	
						清	濁		
雙唇	p	pʰ（p′）	b	m					
唇齒音						pf（f）	bv（v）	pfʰ（f′）	
舌尖前音	t	tʰ（t′）	d	n	l				
舌尖中音	ts	tsʰ（ts′）	dz			s	z	s′	
舌尖中翹舌音	ʈ	ʈʰ（ʈ′）	ɖ						
舌尖後翹舌音	tʂ	tʂʰ（tʂ′）	dʐ			ʂ	ʐ	ʂ′	
舌葉音	（tʃ）	（tʃʰ（tʃ′））	（dʒ）			（ʃ）	（ʒ）	（ʃ′）	
舌面音	tɕ	tɕʰ（tɕ′）	dʑ	ȵ（ɲ）		ɕ	ʑ	ɕ′	j
小舌音	q	qʰ（q′）	（ɢ）	（ɴ）	顫音（ʙ）	χ	ʁ		
舌根音	k	kʰ（k′）	g	ŋ		x	ɣ	x′	
喉音	ʔ/Ø					h（ɦ）			
顎化輔音（[-i-]/[-j-]）									

圓唇化輔音（[-u-]/[-w-]）	pu qu ku	p'u q'u k'u		ŋu		xu			

聲母類型說明：

白語北部語源區的聲母類型多元，依據上表的整理歸納可知，聲母清濁對立顯著，且濁音的使用普遍，且唇音、舌尖音和舌根音等音值，易受韻母影響而形成顎化輔音現象，舌葉音部分則趨向與舌尖中音和舌面音合流，因此在上表內以括號表示，小舌擦音部分則趨向與舌根擦音合流。

（二）韻母類型

北部語源區三語區之韻母類型包含單音節和複合二合音節二類，具有鼻化元音，受到漢語影響，逐漸將舌尖鼻音[-n]和舌根鼻音[-ŋ]還原。相關類型如下表詳列：

			舌尖元音				舌面元音					
			前		後		前		央		後	
			不圓唇	圓唇	不圓唇	圓唇	不圓	圓	不圓	自然	圓	不圓	圓
元音	高	最高 閉	ɿ		ʅ		i y					ɯ	u
		次高					e						o
	中	高中 半閉								ə			
		正中					ɛ (ɛ)			ɚ (ɚ)		(v)	
		低中 半開											ɔ
	低	次低					æ						
		最低 開					a						

複合元音類型：

單元音＼單元音	i	y	e	ɛ	æ	a	o ɔ (ɔ')	ɯ	u	ɚ	v
i			ie	iɛ	iæ	ia	io iɔ	iɯ	iu iao	iɚ iou	(iv)
y（[ui]）	yi		ye	yɛ	(yæ)					(yɚ)	
e	ei										
ɛ											
æ											
a	ai					ao					

o						ou	
ɯ							
u	ui	əu	ɜu	au	ou / ɔu		uɚ

（說明：單元音和搭配的複合元音，皆包含鼻化音成分）

二、中部語源區：辛屯、諾鄧、漕澗、康福

中部語源區的語音特色呈現過渡，除了保有部分北部滯古現象外，亦有受到與漢語接觸的影響，而逐漸往漢語音讀接近的語音特徵。以下依據發音方法和發音部位，將調查的白語中部三語源區聲母概況呈現如下所示：

（一）聲母類型

發音方法＼發音部位	塞音和塞擦音			鼻音	邊音	擦音			無擦通音
	清不送氣	清送氣	濁			不送氣 清	不送氣 濁	送氣	
雙唇	p	pʰ（p′）	b	m					
唇齒音						pf（f）	bv（v）	pfʰ（f′）	
舌尖前音	t	tʰ（t′）	d	n	l				
舌尖中音	ts	tsʰ（ts′）	dz			s	z	s′	
舌尖中翹舌音									
舌尖後翹舌音	tʂ	tʂʰ（tʂ′）	dʐ			ʂ	ʐ	（ʂ′）	
舌葉音	（tʃ）	（tʃʰ（tʃ′））	（ʤ）			（ʃ）	（ʒ）	（ʃ′）	
舌面音	tɕ	tɕʰ（tɕ′）	ʥ	ȵ（ɲ）		ɕ	ʑ	ɕ′	j
小舌音									
舌根音	k	kʰ（k′）	g	ŋ		x	ɣ	x′	w
喉音	ʔ/Ø						h（ɦ）		
顎化輔音（[-i-]/[-j-]）	pi	p′i	bi	mi					
圓唇化輔音（[-u-]/[-w-]）	pu ku	p′u k′u		ŋu		xu			

聲母類型說明：

中部語源區以諾鄧的聲母類型較為多元，塞音清濁對立但送氣的塞音和塞擦音具不具備清濁對立情形，具有顎化輔音和圓唇化輔音現象，舌葉音處於合流的過渡階段，因此以括號表示，小舌音讀合流於舌根音讀內；中部語源區的康福和辛屯具有擦音送氣與否的對立語音現象，並具有顯著的區辨意義；除了

諾鄧語區外，中部語源區舌尖後翹舌音仍以讀爲舌尖中音爲普遍。

（二）韻母類型

單元音基礎上所搭配形成的複合元音類型：

單元音＼單元音	i	y	e	ɛ	æ	a	o ɔ（ɔˤ）	ɯ	u	ɚ	v
i			ie	iɛ	iæ	ia	io iɔ iou	iɯ	iu iao	iɚ iou	（iv）
y（[ui]）	yi		ye	yɛ	（yæ）		you			（yɚ）	
e	ei										
ɛ											
æ											
a	ai						ao				
o									ou		
ɯ											
u	ui		ue	uɛ		ua	uo uɔ uou			uɚ	

（說明：本區諾鄧語區不具鼻化音成分）

三、南部語源區：洱海周圍四語區（挖色、西窯、上關、鳳儀）

南部語源區塞音和塞擦音部分，清濁對立現象合流以清音表示，較爲特殊的是，在與鬆元音搭配構成音節結構時，實際音讀卻有明顯的濁音成分，但拼合時仍以清音表示；擦音亦統一以不送氣擦音爲基本類型，舌尖後翹舌音仍以讀爲舌尖中音爲普遍，受漢語音讀影響，舌尖前鼻音聲母[n-]可與後起的撮口音[-y-]（[-ui-]）搭配，形成特殊的女國音特色。

（一）聲母類型

發音方法＼發音部位	塞音和塞擦音			鼻音	邊音	擦音			無擦通音
	清 不送氣	清 送氣	濁			不送氣 清	不送氣 濁	送氣	
雙唇	p	pʰ（p′）	（b）	m					
唇齒音						pf（f）	bv（v）		
舌尖前音	t	tʰ（t′）	（d）	n	l				
舌尖中音	ts	tsʰ（ts′）	（dz）			s	z		
舌尖中翹舌音									

舌尖後翹舌音	(tʂ)	(tʂʰ (tʂ'))	(dʐ)			(ʂ)	(ʐ)	
舌葉音							
舌面音	tɕ	tɕʰ (tɕ')	(dʑ)	ȵ (ŋ)	ɕ	ʑ	j
小舌音							
舌根音	k	kʰ (k')	(g)	ŋ	x	ɣ	h (ɦ)
喉音	ʔ/Ø						
顎化輔音							
圓唇化輔音							

（二）韻母類型

單元音基礎上所搭配形成的複合元音類型：

單元音＼單元音	i	y	e	ɛ (ɛˀ)	æ	a	o ɔ (ɔˀ)	ɯ	u	ɚ	v
i			ie	iɛ (iɛˀ)	iæ	ia	io iɔ	ɯi	iu iao	iɚ	(iv)
y（[ui]）	yi		ye								
e	ei										
ɛ											
æ											
a	ai					ao					
o									ou iou		
ɯ											
u	ui		ue	uɛ (uɛˀ)		ua	uo uɔ			uɚ	

（表說明：南部語源區普遍不具鼻化音成分，然大理昆明一帶仍具有鼻化成分，此鼻音現象已逐漸還原相應的舌尖和舌根鼻音成分；[（ɛˀ）]及相關複合元音爲南部語區特例）

　　本小節第一部分先統整觀察說明整體白語區的音韻結構內涵，第二部分再各自分類，根據調查語料的歸納整理，依據白語北中南三語區分別列舉其聲母和韻母概況，配合第一部分的聲韻義素分析音節表相互參照，便能得知音韻結構的組合情形。接續將就白語共時音變現象進行分析說明。

第五節　白語共時音變現象分析

　　白語語音系統在聲、韻、調的搭配上呈現相當嚴密的相互制約性，總結上述的研究可知，白語研究除了歷時音變外，共時音變亦是白語研究無法回避的語言現象。從音變程度來看，白語語音系統內有的只是部分音變，有的則是全部替換；從音變形式來看，白語語音系統內既有音質音位（母音音位和輔音音位）的音變，也有非音質音位（音高或聲調）的變化。綜論這些音變現象不外乎兩種類型：

　　（1）只改變語言單位的語音形式而語義不變的語流音變和；

　　（2）除了改變語音形式外，連同語義和語法亦一併改變的語法音變。

詳細觀察白語的共時音變現象，即包含這兩種情形；因此，有必要先就白語語音系統內的語流音變現象進行總體說明，再就白語語音語義所延伸出的語法音變現象加以概括論述，並從認知語言學的角度，就白語詞彙結構先行初步條初縷析。

壹、語流音變

　　林燾、王理嘉論述語流音變時提到，所謂語流音變即是指共時狀態的語言單位，在連讀過程中產生的音變現象，當音位與音位結合時，由於受到鄰近音的影響或發話者說話快慢和高低強弱不同，產生諸如同化、異化、強化（插入或增加音）、弱化（減音或脫落）等語音現象〔註43〕，而白語的語流音變現象除了此些特徵外，仍具有連讀變調、元音音變、兒化與輕聲及韻母元音高化、前化、裂化、鼻化；聲母濁化、清化、鼻化；聲調值類舒化等類型，在聲母、韻母和聲調相關的音變現象，本文將於後續相關章節內依次討論。詳觀音變概況發現，白語輕聲並不顯著，僅能概略性地將短促音歸入其中；除此之外，在語法音變部分，白語語法音變不僅改變語言單位的語音形式，主要也伴隨著語義方面的引申與特指強調。

　　依據語流音變的各類現象，針對白語實際語音概況分別置入相關的類別內分析說明：

〔註43〕林燾、王理嘉：《語音學教程》（北京：北京大學出版社，1992 年），頁 149～164。

1. 同　化

　　同化是以順口爲原則避免發音困難而產生，當相鄰的兩個因發音方法及發音部位有所差異的音，發音時在極短時間內改變困難，使其中一個音位受到另一個音位影響變成相同或相近的音位，做爲重要的音變規律，同化區分爲自體同化、元音和諧（元音同化）和順同化及逆同化現象。

　　白語在單音節詞內爲音節內部自體同化作用，在雙音節合璧詞內則爲順同化及逆同化作用。白語單音節詞內的音節內部同化作用，表現在發音部位的協調，漢語普遍的情形是輔音置於合口[-u]或撮口[-y]等圓唇元音前時，往往受其影響而產生圓唇化，但白語此種現象卻是普遍出現於舌根音與展唇央元音[ʌ]組合，以強調圓唇性質時，拼合時以[w]表示，例如在中部劍川片諾鄧地區的白語方言，即調查到此種現象，如：慢[kʷʰʌ55 lɤ33]、寬[kʼʷʌ33]、沸[xʷʌ33]、月／外[ŋʷʌ33]及旁[kʷ ʌ33]等語例；而舌根輔音置於齊齒[-i]或撮口[-y]等元音前時，受其影響而將發音部位前移近舌面中，若置於開口[a]或圓唇[u]時則維持不變，例如在洱海周邊地區的白語方言即調查到此種現象，如：罐[tɕy35]和關[tɕi35]及教[ka̍55]和牽[kʼe̍55]等語例；不僅如此，音節內的第一音節或重讀音節的元音，亦決定音節內其他元音的音色方向，因此，這類語音上的協調即屬於白語音節內常見的自體同化及元音和諧現象。

　　白語語音系統內亦具有順同化與逆同化現象，即當相鄰的兩個音位，後音位受到前音位影響而改變其原初的發音部位與方法，變成與前音位相同或相近者，即是順同化；換言之，前音位受到後音位影響而與後音相同相近者，即是逆同化；此外，白語語音系統內的同化現象，在複合合璧詞內亦出現「雙重同化」的語音現象，連同音節結構之聲、韻、調皆同時同化的特殊模式。

　　白語語音系統內的順同化和逆同化現象，在白語四音詞格內甚爲常見，試看下例範例說明：

①無天無理[mu33 xæ55 mu33 |li33|]→[mu33 xæ55 mu33 |læ33|]（漢：沒天理）

　　說明：此例即是順同化之例。白語「理」原音譯爲[li33]，但受到前面音節「天[xæ55]」的發音部位與方法影響，因而將其主要元音改易爲與天的主要元音相同之[æ]，而形成音近之[læ33]音。

②鼻涕黏（？）[pi33 ɕi33 n̠ia42]→[pi33 ɕi33 k'a33 n̠ia42]（漢近：淚流滿面）

說明：此例即是第三音節增添羨餘音節之逆同化例。此例依白語音譯轉譯漢譯，其語義釋義不明，故以「？」表示；但透過進一步的引申認知，其語義近於漢語「淚流滿面」之義。詳觀其音節部分，特別是第三音節「k'a33」在整體語義上屬於增添羨餘的音節，爲符合韻律規律而增，且增加的原則聲調部分受前二音節聲調影響，韻母部分則受到最末音節[n̠ia42]之[a]影響而成之。

③門口[me21 mɯ35]→[mɯ21 mɯ35]（門口）

說明：此例屬於逆同化現象，即第二音節影響第一音節，使得主要元音產生改變讓發音更爲省力；又如「知道[zɔ̃44 tɯ44]→[zɯ44 tɯ44]」亦屬於逆同化之語例。

此外，顎化現象可歸屬於逆同化內的一種類型，指音節內的輔音受到後置音節的前高元音影響而往硬顎靠近的一種語音演變過程或趨勢，然而，白語內部本身顎化現象較不明顯，但仍有舌尖音及舌尖後顎化，例如：底[ti33]=[di31]=[tɕi33]、喘[tɕ'uã̠31]等語例，普遍現象仍是隨著與漢語接觸深入後，大量的漢語借入詞彙才較爲完善具備。

2. 異　化

異化現象普遍不出現在直接相連的語音之間，此作用指一個音偏離相鄰的其他音，在異化作用內，不起語音變異者稱爲異化音，產生語音變化者稱之爲被異化音。異化同樣具有順逆之別，但以異化音在後、被異化音在前之逆異化爲普遍現象，換言之，異化的結果就是一個音位被另一個音位所代替，元音、輔音甚至聲調都可能產生異化現象，其主要目的是避免發音拗口而使兩音位的發音趨於相異所致。白語語音系統內之異化現象試看下列範例說明：

例如：沒臉見人[mu33 uɛ33 sa55 ka31]

受異化現象條例影響，其最末音節原本應該是「見[ka31]」字，但舌根音[ka]的發音連接在[sa]後發聲爲免拗口，因此爲了音節和諧且與前音節形成疊韻且聲調相同，代換成與「見[ka31]」近義的白讀音[xa55]，形成新的音：沒臉見人[mu33 uɛ33 sa55 xa55]。

3. 強　化

強化與增音實一體兩面，增音的語音演變現象莫不為了強化原初語音而生。其產生原因不外乎要分清音節界限進而將兩音節界限定義明確，更多時候是為了發音方便但又擔心變化快速使人無法適應所形成的語音演變過渡，因此，增音亦可視為對原初音節的強化作用，具有插入和加音兩種現象，即在音節內增添原初沒有的音；白語語音系統內的增音作用即在輔音叢內增添元音，諸如：顎化輔音聲母、圓唇化輔音聲母及部分捲舌音等現象的產生，此種語音特徵在隸屬於中部劍川片的諾鄧白語甚為普遍，例如：拔[pjʌ42]、特指背輕的物品[jɛ42]、潑[p'jɔ21]、蓋[tʂ'ɚ21]、坐[kə̪42]、向下伸（展）／瞌[tʂ'ɔ̪21]（同調異義詞）、搓[tʂ'ɤ̪44]、選（種子）[tʂɿ42]、丟[pjɛ35]、泡[mjʌ33]、寬[k'wʌ33]、沸[xwʌ33]、畫符[x^wʌ44 ṽ31]等語例，在顎化和捲舌音部分，基本調值分布以次高降[42]調和低降[21]調為主，亦有中高升[35]調及中平[33]調，圓唇化部分之基本調值以中平[33]調為主。

除了上述情形外，白語在四音格詞內亦有強化語音的增音現象，例如：大和小組合為雙音節並列式合成詞[tɔ31 se31]，為強化增音增加了[pɯ31]形成[pɯ31] tɔ31 [pɯ31] se31]不大不小，引申為不分大小之義，此例為增加相同音節以達到強化之目的；又如窗門[ts'ua55 me21]因強化作用增加音節[tsɿ44]和[u33]形成[ts'ua55 [tsɿ44] me21 [u33]]，表示窗子門牆，然未增加[tsɿ44]和[u33]音節對於語義表達並未造成困擾，此例屬於增加不同音節以達強化之用例。

換言之，增音相反的語音現象即為減音，語流內某些應該發的語音而未發者屬之，白語語音系統內，當單元音韻母構成零聲母音節時，其聲母普遍情形會以喉塞音[ʔ-]開頭，然而實際的發音狀況是此聲母的喉塞音可以不用明確讀出。例如：看[ʔʌ33]、咽[ʔe21]、澆（水）[ʔu33]、埋（火）[ʔɚ33]等語例，其調值基本不離中平[33]調及低降[21]調，白語語音系統內的這種特殊現象，主要發生原因，即是受到發音時「舌根靠近咽壁引發『咽化』」而產生。

4. 弱化脫落

白語語音系統內弱化及脫落現象甚為顯著。所謂弱化，即指當語流內較強的音受到所處位置或鄰近音的影響減弱其發音即為弱化，漢語的輕音、複元音單元音化或聲調短促化等現象皆屬之。

白語語音系統內的弱化現象有三種情形：

（1）元音弱化

元音弱化即發音的用力程度減弱，其演變過程為「複元音－單元音－央元音」，但受到漢語的影響之下，白語演變過程更多時候是以「逆序」增生恢復複元音的情形為之，即「單元音－央元音－複元音」，例如：墊[ti44]。原本讀音音節結構為「聲母＋主要元音＋聲調」，為單元音模式，隨著與漢語接觸融合的影響，使其音節結構趨向恢復為複元音[i]→[iɛ]併合鼻音韻尾[n]形成：墊[tiɛ44]－[tiɛn44]；又如：喘[tɕʼuã31/tsʼue31/tsʼou55]。其音節結構為「聲母＋介音＋鼻化或非鼻化主要元音＋聲調」，於「介音＋主要元音」部分產生變化[uã/ue/ou]→[uɛ]併合鼻音韻尾[n]形成[tʂʼuɛn31]。

（2）輔音弱化

輔音弱化即發音阻力程度減弱，其演變過程為阻力大的塞音、塞擦音弱化為阻力較小的擦音，例如：熊[tɕiã24 tɯ33]，當中的[tɕiã]音在白語借入漢語音讀後，便將[tɕ]改讀為[ɕ]、[iã]改讀為[ỹ]形成新的[ɕỹ42]及還原鼻音韻尾[ɕioŋ42]和[ɕioŋ21]語音結構。

需特別說明的是，在上述兩種語音類形內，可以發現白語原音讀在元音上方以雙銳音符表示，且兩類現象不僅變調，連同聲母和韻母元音都產生變化，這種語音變調是受到語法作用影響所致，類型一詞例「喘」屬於高升變調現象，由[31]調往[55]調變調；類型二則屬特例，詞例「熊」的調值屬於高升變調特例，由[24]調往[42]和[21]調變調，順著原調值[24]調之前、後調值產生高降及低降調變調。

（3）聲調弱化

聲調弱化與音節弱化併合發生，例如：朋友[tɕa42 ji21]產生併合現象後以[tɕiɑ42]讀音表示；此種現象還發生於白語原讀音和漢語借音間的併合過渡，例如白語表示拇指間的距離量詞，因語義些微差異而有二種讀音形式：「拃[tʼɔ31]（拇指和中指間的距離）」及「[kʼe55]（拇指和食指間的距離）」，漢語借音之音譯為[tsʌ214]（上聲），白漢合璧歸化後形成新讀音[tsɛ31]，呈現出本族白語與融合白語和漢語音韻系統之民族語的新音節現象，語音系統的並列，在白語與漢語接觸日益頻繁下，儼然形成新形白語中介語現象。

反觀脫落的語音現象表現出減音、縮減或脫漏的特徵，是語言單位連讀時一些語音消失的語流音變現象，白語部分語言單位在連讀的過程中不僅產

生輔音脫落現象，也因爲語法規律影響而產生「合音」現象，屬於爲使語音
韻律諧調、語言習慣或實際語境交流溝通時的實際情形，例如：表示泛稱的
人家一詞，原本是[ȵi21 keɹ35]合音後成爲單音節詞[ȵi35]，膀胱[pʻɛ55 u33]亦
可合音成爲[pʻu55]表示。

5. 連讀變調

連讀變調可做爲區辨「語音」和「語義－語法」結構的必要手段。其基本
定義指兩個或兩個以上的音節連在一起時，音節所屬調類的調值有時會產生相
應變化，此即聲調語言連讀變調的主要特色，連讀變調是聲調在語流中產生的
音變現象，普遍發生在相連音節之間，且本調和變調間並無主次之分，只是調
類在不同語言環境中所表現出來的不同語音形式，然而，白語兼且雙重特性，
其本調和變調間隨著語義變化而有主次之分。

因此，調類相同的音節其本調的調值必然相同，變調的規律亦該一致，
若不一致，則反應出本調相同而變調不同，且不同的變調各有其一套變調規
律，應分爲兩個調類，此時的調類劃分根據非本調而是變調。例如：白語本
調調值讀短促調[21（31）]的音節有兩套不同的連讀變調規律，一種爲本調短
促調[21（31）]置於其他音節前基本不變調，語義屬於本義，例如：羊[jou21
tsʅ33]，即使增加了強調語義的屬性詞[tsʅ33]，對於羊[jou21]的語音仍不產生
變化，又如「家鄉[xA21 dɔˡ35]」、「鄉下[dA21 xɯ21]」等語例；另一種情況是
置於其他音節後基本變調爲高升調[35]，且語義具有引申強調特性，例如：手
術[ʂu31 ʂu35]，不僅透過模擬手術時發出的聲響以重複[ʂu]造字，且第二個[ʂu]
更是強調此種以手從事的動作語義，因此由[31]中降調音變爲[35]中高升調。

初步針對白語三方言分區的聲調值屬性進行概括性說明，由此進一步分析
白語共時連讀變調現象，將其分類爲「自由式連讀變調」和「條件式連讀變調」
兩種類型，調值變調都是在本調內的調值互換，少見因變調延伸出新的調值單
位。〔註44〕所謂自由式連讀變調，其自由的定義乃指聲調彼此間的替換是自由
不受任何條件限制，即語言單位內，處於同一位置的不同聲調，自由替換發生
的音變現象，藉由此自由的定義將白語自由式連讀變調現象細分爲三種類型：

〔註44〕王正華：〈拉祜語共時音變研究〉《雲南民族大學學報（哲學社會科學版）》第 21
　　　卷第 1 期（2004 年），頁 153～157。

（1）音節在語言單位內隨著位置不同、承載不同語義因而受制約影響而改易。

（2）異調同義詞。此類在白語合璧詞現象內屬於合璧異義複詞類。

（3）同形重疊詞。此類在白語合璧詞現象內屬於合璧同義複詞類。

由此些類型產生的變調條例，便是白語做為區辨詞義的方式之一。除此之外，藉由歸納白語語料發現，白語內部誘發語音變調的原因，乃是因為合成詞受到語言結構內音節聲調相互制約影響，進而無法確定本音和變音，使得本音和變音在白語語音系統內同時並存所致。

因此，針對此類詞彙，本文將其定名為「異調同義詞」類即「同源異式」的概念，此類語例依據合璧詞理論觀察，則屬於「合璧同義複詞」類。〔註45〕例如：[tʃi21 tʃi33 n̩i33]（自己）和[ŋɯ55 tʃi44 tʃi33]（我自己）即屬之，在「自己」和「我自己」詞彙內的[tʃi]有三種語音：表示本調中平[33]調，亦有做量詞用及用以強調特指語義的二種音讀[44]和[21]，皆保存在調類系統內；此外，這類「異調同義詞」的兩詞彙若以相同音節重疊出現進而產生音變或不變的類型，則又可獨立為「同形重疊詞」類，例如上例的[tʃi21 tʃi33 n̩i33]（自己）和[ŋɯ55 tʃi44 tʃi33]（我自己）即重複[tʃi]表示，此類重複音節的語音結構及隨之附加的變調現象，普遍見於白語內部的動詞、名詞、形容詞及量詞等詞類；白語內部更有以同調承載多重語義的「同調異義詞」即同音詞類型，例如：「拉和拖和姐」白語語音以相同[tɕi33]音表示、「雪和撐和掰」白語語音以相同的[sue44]音表示，「教和乾和缸」白語語音以相同的[ka35]音表示等，白語內部屬於此類「同調異義詞」的同音詞為數甚多，不僅呈現複雜多元的語音面貌，也使得聲調系統呈現不規則性。

6. 元音音變

白語雙音節合璧詞連讀時，部分語言單位的元音產生音變現象，此種音變即屬於條件式連讀音變，又稱之為「音近同義詞」或「異音近義詞」，例如白語四音格詞彙類型較為常見，為了符合平仄押韻的和諧，常以此條件式的音變為

〔註45〕 「同源異式」詞語，語出駢宇騫和王鐵柱主編：《語言文字詞典》（北京：學苑出版社，1999年），頁422；「合璧同義複詞」詞語，語出郱嘉彥、游汝杰：《社會語言學教程》，頁224。

之，並非常態語音現象，試看下列範例分析：

例如：[pɯ55 tsõ21 pɯ55 vṽ42]（他的腸他的胃）

白語「[pɯ55…pɯ55…]」類似意譯漢語並列複句模式而成，相當於領屬格「他的…他的…」，本句語譯爲「他的腸他的胃」，白語以「腸胃」的合成表示臟器「五臟六腑」之義，因此，本句以「腸[tsõ]和胃[vṽ]」加以合成，其腸和胃的元音屬於音位變體間的變化且兩字語義相近，搭配合成形成表示臟器的總稱義，此外，本短語的胃[vṽ]受到陽聲韻腸[tsõ]順同化的影響，在音節末尾加上鼻化韻表示；又如：[pɯ55 pɯ21 pɯ55 kua44]（他的利息他的本錢），此例中表示領屬的[pɯ]和表示利息義的[pɯ]音結節構相同以聲調以示區辨，本句整體語譯爲「利息本錢」之義，其中的利息[pɯ]和本錢[kua]，其元音[ɯ]和[u]屬於音位變體間的變化且語義相近似；又如[tɯ55 lɯ55 k'u55 lu55]，以物件有破口不完整引申表示殘破／殘缺之義，其中的第二和四的羡餘音節[lɯ]和[lu]，即屬於元音音變的音近同義現象。

7. 兒化輕聲

儿化是語尾儿和前置音節合音所形成的一種特殊音變現象，白語與漢語相同，儿化讀爲捲舌元音[əɹ（ɚ）]，此外，白語另有捲舌元音[ɔʴ]，並使用[ɯ]充當韻母儿化韻尾，或以鼻音[ṽ]產生儿化音變。例如：腫[ts'ṽ42]、逆（逆風）[fṽ33]、穿（針兒）[ts'ṽ42]等語例；而輕聲的調值和調型不固定，是隨著前字的音結聲調來判定，調型準確度難以實際界定，應屬於調整發音狀態的特殊音位變化，且泰半的輕聲屬於語言習慣，是否具有辨義作用實因人認知而異；白語內部的語音結構系統關於輕聲亦歸屬於個人發音習慣並未類型化，部分反應語法的音節短促音，部分發音會較順著前音節末尾順讀而過，或可將之視爲類輕聲化現象。

8. 語法音變

白語語法音變不僅針對語音結構有所替換，語義亦隨之引申強調，形成義項分化的語義變異現象。整理歸納白語語料後，初步認定白語在動詞、代詞（人稱代詞、指示代詞和疑問代詞）、名詞、形容詞和否定副詞等詞類好發語法音變現象。例如：動詞部分主要在原形與使動用法之音變、代詞部分的音變主要在

人稱／指示和疑問代詞部分、名詞部分主要藉由音變現象來表示名詞之自有和他有與泛稱和指稱、形容詞則是以重疊式音變來表現語義的深淺差異，否定副詞則是表現否定詞義的音變狀況等；此外，白語語法音變也包括語形變義，普遍現象爲「詞彙－形態」對轉的量詞變異及詞性對轉的變異現象。

在此基礎之下，觀察白語語法音變隨著語義的引申而有不同的變化，白語也透過如此的語音變化達到一音多義的語音活用原則。其音變主要有六種變化特徵：第一是輔音和元音不變但聲調改變、第二是輔音不變，但元音和聲調改變、第三是元音不變，但輔音和聲調改變、第四是元音和聲調發生音變，但輔音產生半變半不變、第五是元音和聲調不變，但變體增加輔音，最後一種現象是輔音、元音與聲調全變。相關的音變原則，對於白語語音層次及其詞彙構詞皆產生相當的影響。

貳、白語詞彙語素的認知機制

文化和語言屬一體兩面，語言做爲文化傳遞的載體，自然而然會在歷史層次的發展中留下與文化交流融合後的足跡，而此接觸融合後遺留的痕跡便在詞彙內部形成層層疊置的架構。以此定義觀察白語詞彙整體概況，從歷史脈絡論之，白語在詞彙發展史上曾出現四次吸收外來詞的高峰，分別爲：

第一階段爲先秦兩漢至南詔大理成立前，

第二階段爲南詔大理統一白族至宋元時期，

第三階段爲明清軍民屯大量移民形成雲南少數民族漢語方言時期，

第四階段爲民國成立迄今。

白語吸收外來詞四階段，先不論第四階段，主要以第二和第三階段的吸收層面及範圍最廣，採取開放性和包容性爲吸收原則。依據白語區歷來的語言接觸現象可知，白語在外來詞語素的吸收對象主要類型歸納如下整理：

白語：白語固有詞

外語：包含漢語在內，兼融藏緬彝語（包含少量羌語或傈僳語）、侗臺壯語、孟高棉語、漢越語方言、梵語及巴利語。主要的來源仍以漢語和藏緬彝語爲普遍，梵語以宗教信仰詞彙爲主，侗臺壯語爲輔，餘者亦屬極少量。

值得注意的是，除了外來詞較為穩定屬於借入單位外，白語固有詞部分，其來源並非單純，底層固有詞歷經一而再、再而三的接觸融合且層層疊疊之下，亦有可能屬於借自某階段但已成為白語底層結構，筆者將這種層次演變現象，廣義以「白語固有詞」來稱呼這些來源於白語部分的詞彙語素；再者，從語言學角度論之，白語詞彙結構與漢語相同，同樣具有單音節單純詞、雙音節合成詞及三音格與四音格詞等三種基礎詞彙類型，特別是藉由兩個或兩個以上語素合成的雙音節合成詞，其特徵符合游汝杰對雙音節合成詞的定義——兩個（以上）不同的語言成分，相互搭配形成一個新的詞或詞組之語言結構，並將此語言結構借入語言內使用之「合璧詞」概念。〔註46〕透過上列白語外來詞語素的吸收對象可知，白語合璧詞的產生與語言接觸內的借用條例——語言詞彙的輸入與輸出有關，也類似「語碼轉換」的接觸概念，合璧詞可謂白語吸收外來語的重要方式之一，體現白語與外來語言接觸融合，以及對外來語言內在化的整合機制。

　　依據白語合璧詞的詞彙結構分析，其具體的構詞結構可分為兩種情形及六種構成方式，其分為「不同語言成分的語素構成詞」和「不同語言成分的詞所構成的短語」二種情形；主要構成方式可分為：「派生詞」、「複合詞」、「對偶詞」、「重疊詞」、「凝固詞」及「音譯＋義譯」等六種類型；又依據字彙合成狀態界定，其詞彙形貌又分為「同義複詞合璧」、「異義複詞合璧」及「偏義複詞合璧」等三種類型。〔註47〕在「音譯＋義譯」的組合方式中，其「義譯」部分，又可分為表示性質類別的限定詞、詞綴和詞根等細項，「音譯」則包含詞根項目，並就此詞根構成白語詞彙語音系統內，複合合璧詞之重要語義認知發展機制。

　　白語詞彙結構內的複合合璧詞之語素來源和組合類型，筆者將其合璧的類型、來源組合及相應詞例，歸納如下列表 2-5 所示：

〔註46〕游汝杰：〈合璧詞與漢語詞彙的雙音節化〉《語言研究輯刊》第 9 輯（2017 年），頁183～195。

〔註47〕白語複合合璧詞語音現象具有「偏義複詞合璧」特徵，即詞彙在產生重疊合璧的過程中，增添虛語素達到音節擴增的目的，主要作用是為了符合韻律構詞而產生。

表 2-5　白語複合合璧詞之語素來源和組合類型語例

序號	白語複合合璧詞類型	來源組合	相關的對應詞例舉例
1.	白白合璧	白＋白	田地／土地 xe55 tɕi33 ʥi21 ⁽緊⁾ tɕi33 tɕi33〔註48〕 湖海 ɢɔ21 ɢɔ21 江河 qɔ55 qɔ55/kõ55 kõ5 村子 jɯ44 jɯ44 陀螺 y31 y31 銀河 xʼẽ55 kõ55 頂 tɕi33 tɯ31（地的頭表頂） 家司 tɕa55 si55（工具）
2.	白漢合璧	白＋漢	地方 tɕi33 fv35 地名 tɕi33 fv35 miɛ35 天氣 xʼẽ55 tɕi44 ⁽緊⁾ 地震 tɕi33 ju21 ⁽緊⁾ 塵土 su55 ne21 su55 tʼu33 談話 qa21 dzɳ31 sua33 dɔ31
		漢＋白	醜 na42 xa55（意譯：難看） 跳舞 ta42 ⁽緊⁾ qɔ44 木耳 xɯ44 ⁽緊⁾ sʼɿ33（意譯：黑菌） 今晚 ke55 ɕʼɚ44 ⁽緊⁾ 階梯／臺階 ke55 pi55
3.	白藏合璧	藏＋白	旱地 ga35 tɕi33
		白＋藏	山珍海味 tɕĩ55 xẽ55 jĩ21 si21
4.	漢藏合璧	漢＋藏	明天 mɛ55 ɕɛ33 噁心 ɕiã55 xue33→ɕʼĩ55 fɚ̃33 （意譯：心翻） 土 tʼu33 ʂɿ44 彎曲 uɛ35 lɛ35 kʼuɛ55 lɛ55
5.	漢苗合璧	漢＋苗	石頭 tsou44 kʼue42

〔註48〕白語複合合璧詞語音現象形成詞尾重疊的構詞貌，此種現象亦屬於語音內的「雙重同化」現象。所謂的「雙重同化」意指：兩個相鄰的音節中，語音結構內聲母和聲母、韻母和韻母之間都產生同化的語音現象，白語複合合璧詞的此種重疊構詞貌，甚至連同聲調和聲調也一併產生同化現象，形成聲、韻、調三者皆同化的「雙重同化」現象，不僅屬於合璧詞類，也可歸屬於雙音節疊音詞類。

6.	漢漢合璧	漢＋漢	墳墓 mũ31 mũ31（音譯）〔註49〕
			簸箕 pau33 pau33 tɕi55（音譯）
			便宜 p'i55 ji44（音譯）
			褲 ʔĩ55 ʔĩ55（音譯＋義譯）
			學校 ço/ɕiu55 t'ã55（義譯：學堂）
			糖 sa/so/ço35 ta/to21（義譯：砂糖）
			時間 tsi21⁽緊⁾ kə̃33（江淮官話：吳語）
7.	漢侗合璧	漢＋侗	身體 ts'ṽ42 kɯ33/tʂʅ55 gɯ33
			水果 çy55 li55 ta31 se31
			（çy55 li55 ta21⁽緊⁾ k'u33）
		侗＋漢	價錢 qa42/kɛ21⁽緊⁾ ji33
8.	藏藏合璧	藏＋藏	日子 n̩i44 ɕɛ33
9.	侗藏合璧	侗＋藏	雨 v44 ɕi44
			雲 v21 kɔ35（凝固結構）
		藏＋侗	畜牧 xã44 ke44 xã44 te42（緬侗）

　　前三種類型（1～3）為白語搭配自身詞彙系統及漢語官話和藏語親族語的合璧組合方式，後六種類型（4～9）主要是白語借源於各親族語之詞彙搭配而成，在漢語方面，其內容包含借源於西南官話及現代直接音譯漢語借詞兩種類型，此外也包含漢語支系所轄之苗瑤語、侗臺語及江淮官語；在藏語方面則廣義包含藏緬彝親族語在內，普遍以藏語和彝語為主，簡要而論，合璧現象亦屬於語言接觸範疇，在融合的過程中形成「同義並列複合詞」之混合語模式。

　　在組合屬性方面，首先論及白語內部基本的「白白合璧」和「白漢合璧」現象；在「白白合璧」類型部分，屬於重疊詞組合現象暨上古時期白語音讀特色；「白漢合璧」類型部分，其合璧的方式主要以語義為其音讀，除了直譯，及包括聲母和韻母元音結構相同或相近的同源現象外，白語在「白漢合璧」的表現方式，更多時候其語音即是詞例的本義，意即表現語義認知機制，例如：白語詞彙系統內的四音格詞結構，此種具有對偶複合現象的白語類成語或俗諺語句式，兼具多重複合合璧現象和體現各類文化交流的隱喻認知義。

　　再者於「漢漢合璧」類型部分，此部分主要是白語借源自漢語音讀而來，有音譯和透過詞例的語義來表示語音，由此可以透過音讀理解詞例語義來由，

〔註49〕白語合璧詞以音譯方式時，形成一種類似「洋涇濱」的口語音讀模式。

例如詞例「褲」白語音讀有以合璧重疊「衣」音讀表示「服裝通稱」之義，屬於借源於上古漢語之「漢漢合璧」語音現象；詞例「學校」，白語明顯借用古時舊稱「學堂」表示學習知識技能的場域所在，其音讀聲母屬於中古語音 B 層即中古中晚期語音現象，韻母由單元音裂化爲複合元音則屬於近現代漢語借詞音讀影響，白語單元音讀的語音現象也顯示出白語語音系統內，在「蟹攝、山攝、江攝、咸攝、效攝和梗攝等見系開口二等字」部分，即便漢語借詞語音現象已形成齊齒音讀，但白語借入後仍普遍以自身語音現象表示，仍維持開口音讀，亦有形成單元音讀白讀音及配合漢語音讀以裂化爲複合元音形式的文讀音現象；詞例「糖」則義譯「砂糖」音讀而來，不僅屬於複合現象，在白語詞彙系統內亦形成凝固結構。

　　漢語借詞的語音形式在白語族和漢語族日益頻繁的政經接觸融合之下，已然與白語滯古語音層並置於語音系統底層內，並透過語音屈折結構現象表現。白語詞彙語音系統主要是「以義領音」的語音形式，語音演變受到字義演變的影響而產生，或有因字義變化衍生新音、亦有因意義相近而形成音變，此種語音現象在白語複合合璧詞及其複合凝固結構方面甚爲顯著；在單音節詞彙的語音結構內，白語亦有採用「以義領音之義譯釋音」的現象，除此之外，白語對於架構本源或借源等新概念的複合合璧詞時，其組成方式有三種公式：

　　①「修飾語＋基本層次認知參照語素」

　　②「基本層次認知參照語素＋修飾語」

　　③「修飾語＋基本層次認知參照語素＋修飾語」

較爲特殊者在「漢漢合璧」部分，其具有二個基本層次認知參照語素所組成而不具修飾語成分「基本層次認知參照語素＋基本層次認知參照語素」結構。在第一個修飾語素部分，其作用是對複合合璧詞說明主要類別，基本層次認知參照語素則是表示複合合璧詞整體的同源同族範圍，詞彙結構末尾的修飾語，屬於以單位量詞語義突顯新事物和概念的外貌或性質，試看下列語例的舉例說明：

　　（1）漢漢合璧：泉水 so42 $^{（緊）}$ çy33

　　　　→修飾語＋基本層次認知參照語素

　　　　漢漢合璧：pau33 pau33 tçi55（音譯）=mo33 mo33 tçi55

　　→基本層次認知參照語素＋基本層次認知參照語素

　　→語音聲母部分之雙唇塞音和鼻音產生音轉現象，同為雙唇發音在白語北部語源區之洛本卓則加重鼻音現象而轉為雙唇鼻音的發音。

（2）白漢合璧：岸（河邊）kõ55 ɣə̃33→kõ55 piẽ 55

　　→基本層次認知參照語素＋修飾語

（3）漢白合璧：毛毛雨：ma42^{（緊）} p'ɯ55 vo33 tsi33

　　→修飾語＋基本層次認知參照語素＋修飾語

白語內部具有基本層次認知參照語素成分的詞，例如天[x'ẽ55]、地[tɕi33]、水[ɕy33]、手[s'ɯ33]、腳[kau44^{（緊）}]、人[ji21^{（緊）} kə̃55]、男[pau55]、女[mãu33]等單音節詞例，在白語詞彙結構內形成詞族的音義共生現象，這些基本認知語素詞具有易讀、易記、易識且易辨的語義特徵並因此作為白語詞彙結構內主要詞族核心詞，白語亦透過基本層次認知參照語素具有詞族核心詞性質與修飾語的組合隱喻此種範疇化的文化內涵，此外，亦能透過詞彙的複合合璧現象一覽白語一詞具有多重時期的語音演變特徵，例如上述漢語釋義為岸但白語採用語義表音讀的詞例（2）「岸（河邊）」，其上古時期音讀為軟顎舌根音讀[kõ55 ɣə̃33]，隨著近現代漢語借詞音讀借入後，白語在表示水邊陸地的陸地語義便改為漢語借詞音譯音讀[piẽ55]表示，呈現出一詞具有古今兩種音讀層次；又如詞例漢語釋義為噁心，白語以「噁心時會有的現象」為音讀表示[ɕiã55 xue33]→[ɕ'ĩ55 fə̃33]，同樣具有一詞兩種語音層次的現象，白語同源於漢語的「心」字，在具有擦音送氣的語區主要以白語滯古聲母之擦音送氣現象表示，例如康福屬之，餘者例如洱海周邊挖色、西窯、上關和鳳儀四語區即以同漢語不送氣的語音模式表示，又如於漕澗語區則以裂化複合元音以做為源於漢語的語音現象[ɕiã55]，「心」字以單音節詞彙出現時，白語亦有加上修飾語[k'o33]以心在身之中外似有包絡之形貌表示，因此筆者研究認為，白語詞彙結構的表達亦是透過對事物的完整體悟以識別事物的個體組成成分。

　　白語內部另一種表現隱喻及轉喻認知機制的詞彙結構模式即是四音格詞，四音格詞在白語詞彙結構內亦呈現複合合璧的詞組型態，白語藉由此種表現方式突顯詞彙擴大和縮小的語義轉移概念和正反面褒貶語義，董秀芳和李燕萍等人不約而同認為，隱喻是基於「概念結構的相似性從一個認知域到另一個認知域的投射」；轉喻則是基於「概念結構從一個認知域到另一個認知

域的過渡，主要說明同一個認知場域內不同概念間產生轉指」。〔註50〕觀察白語整體詞彙結構發現，白語亦是藉由詞彙內的隱喻及轉喻認知將兩個或數個不同範疇但能彼此投射找到相類同的銜接點，使語音更能鮮明地理解語義。筆者特別採用隱喻和轉喻二種語義類型，分別予以說明白語隱喻和轉喻所構成的認知語義現象：

（1）相似性投射的隱喻認知機制：

白漢合璧：ça35 p′i33 ça35 k′ua21，其詞義表面上分析可拆解爲[ça35 p′i33]（吹皮）＋[ça35 k′ua21]（吹寬）=[ça35 p′i33 ça35 k′ua21]（吹皮吹寬=吹牛／說大話），由此字面釋甚難理解其確切語義，白語在該詞的構詞過程中蘊含著隱喻思維，透過隱喻思維突出皮和寬兩個不同屬性範疇間其形狀特徵的相似性，爲符合韻律結構，第三個[ça35]屬於羨餘成分，爲與第一個[ça35]形成對偶而增加的詞彙。古時交通不便，渡河時常採用較爲犖固皮筏代舟做爲交通工具，船體皮革來源普遍爲牛、羊、馬等動物，將其皮取下後吹氣使之膨脹再加以後製以形成渡河工具，然而，「把皮吹寬」並非易事能將皮吹寬吹脹更是具過人之處，白語以此隱喻漢語釋義爲「說話不根據事實且內容誇大不切實際」之「吹牛／說大話」之義，白語在詞彙內以民情特色隱喻其另一層語義現象。

白白合璧：kv33 tõ21 kv33 ts′õ21，其詞義表面上分析爲鬼說的話只有鬼相信並跟隨答腔，由於「鬼」屬於不眞實非實際的人類，其所說之言論自然非眞實言論，白語族的民情風俗普遍將「鬼」視爲具有負面色彩的邪類生靈，其所言之非眞實之言論，隱喻表示「說不眞實的話／謊話」之負面語義。白語族與漢族接觸融合後也逐漸由巫覡信仰轉爲神佛信仰，而白語族自古對於「鬼」即帶有負面色彩，由其所組合而成的詞彙自當偏向負面語義，此合璧之四音格詞[kv33 tõ21 kv33 ts′õ21]釋義爲「鬼話／胡話」，當屬於近現代時期特別是近代元明民家語時期，在小說《西遊記》內亦有出現「鬼話／胡話」之詞，白語借源其義並以自身語音結構表示，形成「漢義白音」的詞彙語音結構現象。

〔註50〕 整理自董秀芳：《詞彙化：漢語雙音詞的衍生和發展》（成都：四川民族出版社，2002年）第四章〈從跨層結構到雙音節〉，頁273～291內所提概念，及李燕萍：〈維吾爾語複合合璧詞的語素來源及語義認知機制〉《語言與翻譯》第2期，頁16～19。

　　白白合璧：[tɕi31]（擠）＋[tɕi31]（擠）=[tɕi31 tɕi31]，其詞義表面上分析為人和人或事物彼此擠在一起。[tɕi31]為白語本源底層詞用以表示「擠」的語義，白語將之重疊形成白白合璧的詞彙結構，並用以隱喻人擠人或事物彼此擠在一起，即便是味美之人或物，過多便發出不好聞的氣味，即產生腥嗅味之隱喻義；而此詞例「腥」原在上古時期的白語詞彙系統內即表示「鮮」之本義「味美／美好」義，其音讀為白白合璧[xuo33 xũ42]，中古時期借入舌尖擦音及與[-i-]介音產生顎化形成舌面擦音之音讀現象，白語詞彙系統內亦引申出「鮮」的語音和語義，逐將本義「味美／美好」義由「腥」字內分離，「鮮者，魚名，味美也」其字為漢白合璧結構：[sẽ55 tɕi31 tɕi31]或以漢漢合璧結構[sẽ55 çẽ55]表示既鮮且味美，呈現語音語義疊置的複雜現象。

　　（２）同源詞族之不同概念轉喻機制：

　　轉喻概念的合璧現象主要有性狀特徵、組成材質、部分代整體、處所用途、時間和行為等六類轉喻認知機制，相關類型及其相應語例如：

　　①性狀特徵轉喻

　　性狀特徵的同源詞族概念，主要是透過事物外在形、色、味、覺等感受以部分來轉指整體。例如：漢漢合璧[tʂɿ35 jɯ21]，白語以上古時期音譯漢語借詞「脂[tʂɿ35]」和「油[jɯ21]」表示油的總稱，其合璧的組合語義以「脂[tʂɿ35]」表示來源於動物身上的油脂，以「油[jɯ21]」表示來源於植物身上的油脂，兩種油脂合璧組成油的整體稱呼，此詞族分別表示轉喻認知的現象諸如：

　　漢漢合璧：[tsʻɯ21 tsɿ33]（菜的籽）＋[jɯ21]（油）=[tsʻɯ21 tsɿ33 jɯ21]（植物油）、[ŋɯ21⁽緊⁾]（牛的）＋[tʂɿ35]（脂）=[ŋɯ21⁽緊⁾ tʂɿ35]（牛的脂即牛油）、[xuo35]（表顏色紅色）＋[xɯ44]（表顏色黑）=[xuo35 xɯ44]（反正），採用顏色詞紅黑即光暗對比色的反差，用以轉喻表示轉折語氣詞「反正」，在顏色詞部分「紅」有中古早期A層古本義「赤」的音讀和中古中晚期B層語義「紅」的音讀之雙重層次現象，因轉喻表示近現代漢語語法借詞義，故採用中古中晚期B層語義「紅」的音讀表示；其他又如漢白合璧：[ka21⁽緊⁾]（乾的／冷的）＋[xe55 ʐɿ31]（飯）=[ka21⁽緊⁾ xe55 ʐɿ31]，以乾飯／冷飯表示飯的屬性狀態；白白合璧：[pʻɛ55]（濕的）＋[xe55 ʐɿ31]（飯）=[pʻɛ55 xe55 ʐɿ31]以濕的飯表示飯的屬性狀態，又稱之為稀飯或粥；此外在漢漢合璧的現象內，亦有類同以「雙音節疊音詞」現象表示語義轉喻的語義現象，例如漢漢合璧[xuo55 xuo55]，以

「花[xuo55]」的重疊合璧表示令人眼花看不清楚之義；借用「沒有」的音讀 [mɯ33]/[mu33]重疊合璧為[mɯ33 mɯ33]，轉喻表示令人頭昏目眩之義。

②組成材質轉喻

指稱以組成事物的材質或單位來轉喻全體的概念，白語普遍使用重疊單音節單位量詞或部分特徵來轉喻全體總稱的概念。例如：白漢合璧：[ʑi21]（船）＋[sɯ55 sɯ55]（中古漢語單位量詞借詞：艘），白語詞彙系統特別以標舉單位量詞「艘」，用「一『艘艘』的船」轉喻表示全體或眾多的船；漢漢合璧：[ɕi35 ɕi35]（音譯漢語借詞「席」的音讀），白語詞彙系統亦以重疊漢語借詞「席」的音讀，並以重疊結構表示「眾多宴席」用以轉喻全體總稱，並以[35]調表示漢語借詞屬性。

③部分轉喻整體

特別標舉事物組成成分的部分特徵轉喻全體概念。例如：白漢合璧：[kɛ21]（柄）＋[mi21 mi21]（面）=[kɛ21 mi21 mi21]（鏡），主要以與面有關的器物上的把轉喻表示「鏡」之語義；漢漢合璧：[sɯ33]（手）＋[sɯ33]（手）=[sɯ33 sɯ33]（手手=手技／手術），白語詞彙系統特別標舉重疊「手」的人體器官，以突顯擅長手部技能者，轉喻表示「手術」語義。

④處所和用途轉喻

特別以事物發生的處所或用途予以轉喻全體概念。例如：漢漢合璧：[ʂue31]（水）＋[xu35]（壺）＋[k'o44]（圓口壺），此種合璧現象主要以此圓口壺器的用途是專門盛水之用，白語以音譯漢語借詞音讀「水的壺」表示，並加上此器具的特徵性狀詞[k'o44]表示；漢侗合璧：[tsɔ21]（茶）＋[ku21]（壺）＋[k'o44]（圓口壺），此種合璧現象主要以此圓口壺器的用途是專門可以加熱並用來泡茶的器具，此處也發現白語表示「壺」的音讀具有軟顎舌根音塞音和擦音兩種聲母類型，以軟顎舌根音讀為中上古時期音讀，軟顎舌根擦音則為近現代漢語音譯音讀。

⑤時間轉喻

採用事物產生的時間點來表示全體概念。例如：漢苗合璧：[ɣɯ55]（後）＋[di33]（父）=[ɣɯ55 di33]（後父／繼父）。此種合璧現象主要以表示「後出現的父親」轉喻指稱第二個父親，表示繼父之義。

⑥行為轉喻

以動作轉喻整體行為。例如：漢白合璧：[tsʅ55 tsua35 tɕa42]（莊稼）＋[xo44]（群）=[tsʅ55 tsua35 tɕa42 xo44]。此種合璧現象主要以「從事莊稼工作行為的族群」來轉喻表示動詞農耕和名詞農人。

白語複合合璧詞特徵主要以漢語和白語搭配為主，以義領音並透過語義認知基礎來將人的認知因素藉由隱喻和轉喻機制予以表述，並隨著時間演進而具備雙重語音現象，形成語音疊置情形即一詞具有固有語音和借詞語音兩種不同語音層次的語音情形，白語詞彙系統內以漢語搭配的合璧現象之所以較其他親族語之合璧搭配為盛行，主要原因與白語整體詞彙系統內，已受到漢語借詞在動詞、名詞或形容詞等具有實際語義之能產性、穩定性及全民性的日常生活普遍用語滲透有著密切關聯性，而這類型的大量滲透現象除了現代時期外，主要階段當是中古至近代民家語時期，這個關鍵的白漢接觸期，讓白語這個白語族的母語受到漢語強勢的干擾，更牽動著白語語音系統整體的層次演變概況。

第六節　小　結

本章針對白語語音整體系統內的聲母、韻母單元音及複合元音及聲調值等語流現象及語法音變雙方面的共時音變進行相關分析說明，除了將語流和語法音變雙方面詳細描述外，亦針對其中的特殊現象如實對應解釋，如此亦有助於精準地描述白語的音位系統和語音形式，更能為白語語音的深度描寫提供豐富的素材，使研究更加貼近語音實際狀況，而本章所述的各類白語語音結構現象，將依其所屬性質在後續聲、韻、調層次演變分析章節內更進一步地詳細說明；此外，筆者在本章研究中，以認知語言學的角度解構白語詞彙系統內的合璧合成現象，並從中解析白語語素來源及其產生的隱喻和轉喻認知機制。

因此，在針對白語詞彙進行更深入的歷史層次分析研究前，需先針對白語詞彙來源屬性分類說明外，就其歷史音變部分，即白語與雲南西南官話間的歷史脈絡淵源亦需理清箇中因果，以便做為後續層次分析及比較研究的重要輔助，這部分的對應現象，將於第五章韻母層次演變部分予以解析。

本章廣義論述白語整體語音現象後，以下總結全章論述重點，關於白語整體語音系統之聲母、韻母單元音及複合元音與聲調值等語音現象，實際接觸融合特別是漢語官話和西南官話後的語音演變概況條例進行說明，相關語

音演變條例及白語語音現象對應如表 2-6 說明，其中第 1 項至第 21 項屬於語音暨語義上的相關接觸融合概況，第 22 項至第 24 項現象，則屬於白語受漢語影響並調和自身方言特色所產生與語音暨語義有相關聯性的語法屬性，其合成內涵爲「漢義＋白音」形式：表格內的符號標示以「＋」表示語音條例具備，「－」表示不具備此項條例，「＋/－」表示語音條例既融合並又有自身語音特徵現象。〔註51〕

表 2-6　白語對漢語官話和西南官話語音條例的接觸融合概況檢視

語音條例 ＼ 語區	西南官話	漢語官話	白語	白語總體語音系統檢視
1.（全）濁音清化　平聲送氣、仄聲不送氣	＋	＋	＋/－	（1）白語語音系統內已融合漢語濁音清化現象，僅有少數詞例，例如：「掉」和「乖」仍有清音濁化至濁音清化的過渡現象。在送氣與否方面，白語仍保有自身語言特徵，同時也吸收漢語濁音清化之送氣條例，在語音系統內呈現兩種類型。（2）以白語內部借源自漢語借詞「停（定母／全濁）」爲例，即具有源於漢語送氣 [tʼiɯ42] 音讀及不送氣 [tiɯ42] 音讀兩種語音，形成文白異讀語音現象：文讀源自漢語送氣、白讀白語不送氣
2. 中古全濁聲母今讀塞音或塞擦音之古仄聲字音讀爲送氣，例如：疊／白／捕／擇／等字	＋	－	－	此語音現象屬西南官話音讀特點，白語未受到此語音現象影響，白語在聲母送氣與否部分，仍保有自身語音現象，特別在保有擦音送氣滯古語音層的語區，詞例送氣與否亦呈現兩類型，例如詞例「年／歲」在白語語音系統內具並列送氣與不送氣兩種語音形式：[sua44]－[sʼua44(緊)]
3. 舌尖鼻音[n]（泥母）和邊音[l]（來母）相混；但在洪音和細音前有分不相混	＋	－	＋/－	白語語音系統承自西南官話語音現象，在舌尖鼻音[n]和邊音[l]（泥母－來母）具相混情形且在洪音和細音前普遍未區分，但漢語借詞部分現代白

					語已逐漸分明；不僅如此，筆者研究顯示，在白語與彝語交會語區「漾濞」一地，也發現舌尖鼻音[n]（泥母）和邊音[l]（來母）相混不分的語音現象。例如： （1）漢語借詞仍相混： 詞例可「憐」之「憐」字在白語音讀仍為舌尖鼻音[nã35]、新「郎」之「郎」在白語音讀與「憐」字同音[nã35]，以新興調值[35]調表示現代漢語借詞例，韻母屬洪音仍是[n]、[l]相混；詞例「狠」、「藍（註1）」、單位詞「兩」和「娘」，前兩例和後兩例的差別在韻母[-i-]介音之有無，白語語系統同樣以[nã42]表示。 （2）漢語借詞已區辨： 稱謂詞「奶奶」音讀[nãi33]、動詞「捏／握」具相同音讀[nẽ35] （3）洪音和細音前有分不相混 白語普遍現象是洪音和細音前有分不相混，但仍有例外情形，例如漢語借詞表示裝盛物品的籃子之「籃」字，白語具有兩種音讀現象[nõ33]－[lõ35]；特殊語音現象為漢語植物名借詞「柳樹」之「柳」，白語借入後以軟顎舌根濁擦音表示音讀[ɣɯ33]，同例仍有「力量」[ɣɯ42]，以聲調值以示區辨，甚為特殊
4.	非組[f]和曉組[x]多數相混	＋	－	－	1. 唇齒擦音[f]音讀在白語語音系統內屬於近現代借源於漢語語音現象的調合，白語語音系統內唇齒擦音[f]和曉組[x]並未相混，少數白語底層本源詞彙並以唇齒清擦音[f]表示，應在守溫三十六字母出現之後借源入語音系統內，白語並用以表示底層本源關係詞，例如：詞例「鋸[fv42]」、「六[fɯ44]/[fv44]」，另有表「腹」的語義與之同音讀表示，表「腹」的音讀亦有辛屯[xo44]、諾鄧[k'ɔ44]，以軟顎舌根音讀表示。 2. 在白語與彝語交會語區「漾濞」一地，曉母與匣母[x]音，特別在拼合口時，普遍混入非組[f]音。

5.	尖團音不分 古精組和見曉組細音前無分別	+	−	+	1. 白語語音系統內不分尖團音，不僅如此，白語語音系統內在江攝、宕攝和蟹攝部分二等和三等字，例如：角、江、蟹、腳等，仍舊未顎化為舌面音，一直保留上古至中古時期的軟顎舌根音讀；詞例「雞」則一詞雙層，在表示屬相詞義或單音節詞時，仍以未顎化之軟顎舌根音上古層語音形式[qe55]－[ke55]表示，若構詞形成偏正定中結構時，例如：「野雞／雊雞」則形成舌面音顎化的中古時期語音形式[tɕi33]/[tɕɯ33]－[dʑi33]。 2. 在白語與彝語交會語區「漾濞」一地，古精組和見組仍未顎化為舌面音讀（[tɕ][tɕ′][ɕ]），仍以舌根音讀為主（[k][k′][x]）。
6.	（1）平翹舌不分 舌尖[ts]/[ts′]/[s]和翹舌[tʂ][tʂ′][ʂ]塞擦音不對立，即精莊知章皆讀[ts]/[ts′]/[s] （2）翹舌音韻母[ɚ]	+	+	−/+	1. 白語語音系統內在中古中晚期翹舌音讀逐漸演化而成，近現代受漢語借詞音讀影響漸形成對立。 2. 白語語音系統受到漢語借詞影響，在韻母部分形成翹舌音韻母[ɚ]。然而，在彝語和白語交會之「漾濞」語區，翹舌音韻母並未受到漢語影響而形成，而是以[e]或[ɛ]音讀表示。
7.	零聲母合口呼	+	−	−	白語語音系統內之零聲母現象兼具合口呼和開口呼，甚至是形成零聲母去零化的語音形式，即在零聲母的聲母位置增添音位，例如：詞例「看」白語音讀為零聲母低元音開口呼[a33]/[ã33]或在聲母位置去零聲母化增添喉塞音[ʔã33]或軟顎舌根清擦音[xã33]
8.	[v]聲母源自：微母和影、疑、喻母；且古微母讀[v]與非微母的今音零聲母合口呼對立	+	−	+	1. 白語語音系統內之唇齒濁擦音[v]甚為活躍，可做為聲母亦可做為韻母元音亦有並列形成音節結構呈現，做為韻母元音時，其語音近央元音並具有[i]、[ə]及其合音[ɯ]的音讀屬性。 2. 白語語音系統內除了唇齒濁擦音[v]外，仍有半元音[w]的語音現象，但普遍已合流入[u]內。
9.	輔音韻尾少，入聲和陽聲韻尾[-p][-t][-k][-m]消失，保留[-n]和[-ŋ]	+	+	+	輔音韻尾少，入聲韻尾如同漢語[-p][-t][-k]脫落併入陰聲韻內，陽聲韻尾[-n][-ŋ][-m]亦脫落，但受漢語借詞影響，其[-n]和[-ŋ]回歸韻讀系統，普遍現象仍以元音鼻化現象表示

10.	入聲[-p][-t][-k]歸併陽平聲	+	－	－	白語語音系統內關於入聲[-p][-t][-k]音讀詞例的歸併，主要受到詞例的反切上字屬於全清或全濁影響，例如詞例「薄」其反切上字屬於全濁並母，其歸併入陽平聲[po42]主要以調值[42]表示；又如詞例「窄」其反切上字爲全清莊母，其歸併入陰平聲[tse44]主要以調值[44]表示
11.	撮口呼：韻頭或韻腹爲[y]音	－	+	+/－	白語語音系統在近現代語音層次時期，特別是近代元明時期受西南官話語音「韻略」影響，其撮口[y]音發展並不顯著，現代受到漢語借詞音讀影響，逐漸形成撮口[y]音，然白語語音系統內普遍以[ui]音讀表示與撮口[y]音對應，但白語撮口[y]音的組合能力較弱。例如：詞例「水」[ɕui33]－[ɕyi33]即屬之
12.	[i]/[iɛ] 及 [y]/[yɛ] 韻字讀音：[i]/[iɛ]韻讀[i]；[y]/[yɛ]韻讀[y]（[yi]/[ui]）	+	－	+	白語此種語音現象即是受西南官話影響所致，撮口[y]音在形成之時即受到西南官話「韻略」而「易通」的影響，窒礙其形成。相同的語音現象也影響了「漾濞」這彝白交會的過渡語區。針對此種不對應的「齊齒[iɛ]－撮口[yɛ]」對應現象，當地從古至今仍流傳順口溜予以描述：〔註52〕 鹽[yĩ31]是銀[yĩ31]， 面[mĩ53]是命[mĩ53]， 鹽銀命面一把連[lĩ31]
13.	[an][iɛn][uan][uen][yɛn]韻字讀音：讀[-n]韻尾或鼻化元音，亦有讀開尾韻[ia]、[ie]或[ye]	+	－	+	白語語音系統受到中古漢語音讀影響，陽聲韻尾脫落併入陰聲韻內，並受到西南官話影響，爲與純陰聲韻區辨，並在韻母元音上方增加鼻化音讀表示其原陽聲韻屬性，白語現今語音系統已逐漸還原舌尖鼻和[-n]和舌根音[-ŋ]韻尾，且元音鼻化現象呈現添加與不添加並存的語音現象
14.	曾梗攝舒聲和深臻攝舒聲開口韻母相混，讀舌尖鼻音[-n]或鼻化元音，形成舌尖[-n]和舌根[-ŋ]相混	+	－	+	受韻母陽聲韻尾脫落併合現象影響因而形成混讀現象

〔註52〕彝白交會語區「漾濞」之「齊齒[iɛ]－撮口[yɛ]」語音不對應現象之描述順口溜，輔助查詢於馬曉梅：《漾濞方言語法研究》（昆明：雲南師範大學碩士論文，2016年）。

15.	以[o]和[io]韻母爲主	＋	－	＋／－	1.白語語音韻讀系統發展條例爲：低元音逐漸高化，並高頂出位形成舌尖元音系列，單元音接觸漢語音讀影響而朝向裂化複元音發展，連同撮口[y]音亦逐漸發展 2.此條語音現象在白語語音系統內甚爲特別，專門指在現代語音層的音譯漢語借詞，特別是韻母元音具有撮口[-y-]音節成分時，白語語音系統，在辛屯語區內表示現代漢語借詞「學」字，在聲母部分有軟顎舌根擦音和舌面擦音兩種形式，韻母元音部分皆爲圓唇元音[-o-]，例如：表示學科時使用軟顎舌根擦音爲音讀[xo35]，表示學習的地方時仍保有中古時期舌面音讀以[ço35]表示，聲調值類皆以[35]調表示借詞現象，以聲母做爲語義的區辨
16.	齊齒呼仍維持開口	＋	－	＋／－	白語語音系統內齊齒呼仍維持開口的語音現象，主要產生原因是因爲聲母和韻母[-i-]介音產生舌面音顎化、塞擦音化、翹舌音化（包含鼻音翹舌音化）或擦音化等語音演變現象所致，例如漢語借詞動詞「講」其音讀：[tɕiã31]－[tɕã31]，開口和齊齒兩者並列於白語語音系統內；也有受到語義影響語音發展以致於齊齒呼仍維持開口，例如白語詞彙系統內以「毛」的音讀表示「細」，此時雖爲齊齒呼之音讀仍以開口呈現：[mo42]/[mð42]→[mou42]
17.	[u]韻母音具裂化現象	＋	－	＋	1.白語語音韻讀系統主要以上古6元音爲主要韻母元音，以單元音爲主要韻讀系統。白語韻讀單元音裂化爲複合元音主要受到漢語借詞影響而形成 2.合口呼[-u-]韻母裂化形成撮口呼[-y-]在白語語音系統內的借貸與過渡音；此外，白語語音系統內舌尖鼻音泥母和邊音來母混淆的語音現象，也影響漢語借詞聲母爲舌尖鼻音泥母和邊音來母的借入音讀現象，特別是韻母具有[i]和[u]音值成分的蟹攝和遇攝時，其漢語借詞借入後音讀形成[u]介音的過渡語音，例如：詞例「雷（蟹攝來母）」其本源底層詞以白漢合璧之「天鳴」語義表示[x'ẽ55 mð̃21]
18.	複元音單元音化	＋	－	＋	

					其「鳴」的語音即援用專指「雞鳴」的「鳴」字語音組合，抽象表示打雷聲響如同雞鳴報曉般；在查詢《白漢詞典》內的劍川語音方面，亦有現代語音層的語音現象，即借入現代聲母爲邊音的漢語借詞音讀[lue21]，但韻母元音仍保有中古時期具有合口[-u-]介音的語音現象，形成一字兩讀及兩種語音層次的情形，相同語音現象者亦有屬於底層本源詞例宕攝「燙」、漢語借詞遇攝邊音詞例「旅[lue31]」 3.[-u-]韻母在表示現代語音層的漢語借詞部分，除了複合元音外亦有裂化爲三合元音形式，例如辛屯語區詞例「球」之現代漢語借詞音讀爲三合元音韻母形式：[tɕ'iou42]
19.	平聲分陰陽且調類數目少	+	+	−	1.四聲八調基本上仍是白語聲調系統的基礎，在此基礎上因各語區音值高低及漢語借詞滲入影響滯古語音調值層的變化，因而形成調位變體現象。 2.白語除了平聲外，連同上聲、去聲和入聲皆分陰陽，但上聲和去聲的區分較之平聲和入聲不明顯，主要調類數分爲8類，若扣除上聲和去聲則爲6類
20.	具屈折語音變化現象	+	+	+	白語詞彙語音系統承自漢藏親族語屈折特色，透過同源概念將音節內之聲母、韻母元音及聲調值現象略爲改異後並配合語義引申形成新的語音結構。例如在聲母部分以送氣與否或增、韻母部分以高化圓唇與否表示語法肯定之別或依據韻母音值同源近似原則引申新義，白語同音不同義現象顯著，透過聲調值的屈折變化以區辨同音不同義的詞彙語音現象。(註2)
21.	連讀合音現象	+	+	+	白語語音系統受到漢語借詞音讀影響，具有連讀合音語音現象，例如否定詞「不要」在漢語系統內連讀形成「別」，白語早期採複合凝固的合璧結構表示[ji33 mɯ33]，後受到漢語音讀影響產生語音合音便以[mɯ33]表示；詞例「全／一共」白語早期採複合凝固的合璧結構表示[ji33 se42(緊)]，亦形成以舌尖擦音爲聲母及韻母以高化[-i-]介音的合音[si42(緊)]表示音讀現象

22.	重新重組詞彙語音形成合璧現象並賦予新義	+/−	+/−	+	此種語言現象可謂白語特殊的方言特徵，漢語雖有重組詞彙的重疊詞現象但屬於詞彙部分的語法特徵，白語以語音的重新合璧疊置並賦予新的轉／隱喻語義，充分運用現有詞彙並配合自身方言特色，重新活化語音詞彙
23.	受漢語影響產生豐富的語尾助詞	+	+	+	先不論聲母或韻母元音受到語音演變所產生的相關聲變與韻變的現象，單就語音的成因而論，白語受漢語借詞影響產生： （1）做為形容詞語尾助詞 　　「的」：[mɯ55]/[xɯ55]/[nɔ55]； 　　「得」：[tsi55] （2）受漢語語義影響並結合白語本身語義特徵之「漢義＋白音」： 　　「極了」：[sã24]/[ɕia44] 　　「難超越」：[ao35 tuo35] 　　「有點…」：[tɯ55 ti55] 　　「稍微」：[tsi55]/[tsʼi31]
24.	構詞受漢語影響，具有豐富的修辭特徵	+	+	+	白語受漢語影響，在其詞彙系統內具有豐富的修辭構詞學特徵，透過修辭兼句法的方式來組織詞語，使得組織而成的合成詞具有句法意義，使得白語的語言類型特徵具有屈折語及多式綜合語現象，以雙音節合成詞表示完整語句的新義。 （1）譬喻構詞法。例如：[ŋɯ21 mɛ33]以牛馬直接表示辛苦勤勞的人；又如[a44 (緊) sẽ42 (緊)]以鴨蛋直接譬喻表示臉黑又髒的人；又如[ŋue44 xɯ55]以眼睛黑表示心眼小、黑心的人；又如[pe42 bi21 (緊) kʷa55]以形容鼻樑白白的來直接表示說謊話騙人不老實。 （2）避俗避諱之委婉法。例如：[su33 sua35]舊時以去園子表示上廁所，今已有「廁所[ʂ ɻ33 tʼa55 ke35]」專門用詞表示；又如[fei44 tʼiẽ44 sẽ21 uã21]神明詞飛天神王表示愛搗蛋或膽子很大的人；又如[ʐ21 ku42 ʐ21 ku42]以日鼓的語義重疊表示眼睛翻白眼之無奈感。

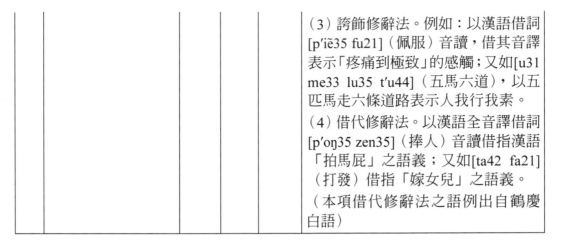

表格內所舉語例之特殊詞例說明：

說明1：表顏色詞例「藍」，在白語語音系統內之北部語源區亦有以「青」色表示「藍」，並有以舌尖邊音[la31]為音讀，此種以漢語古本義表示音讀的現象也發生在表顏色詞例「綠」，白語洛本卓語區亦有一音讀[tɕ'a42]/[tɕ'e42]（擬似「青」音讀且韻母元音高化發展）表示「綠」。

說明2：聲母的屈折變化方面，白語在表示「月份」的「月」和「外面」的「外」以[uã44]同音同調表示，在辛屯語區為區辨以增加聲母以示區別：外[uã44]－月[ŋuã44]，詞例「月」在增添聲母部分在康福亦有增半元音[juã44]表示，以送氣與否表示不同語義，如康福葉[s'e44]－西[se44]，以送氣與否表示不同的動賓詞組，例如諾鄧表示手做事起繭和受傷起水泡亦以送氣與否表示賓語差異：起繭[qɯ44]－起水泡[q'ɯ44]；韻母元音表示屈折變化方面，透過韻母元音的屈折變化連帶將動作的樣貌予以形容，例如諾鄧表示打字句後的賓語即屬此種透過元音的高化表示動作樣貌，「打『哈欠』[ta21]」以低元音開口[a]音形容打哈欠時的樣貌為口張大，「打『鐵』[te44]」以元音高化並具有[-i-]音成分的元音表示「鐵」的語音現象；聲調值的屈折變化方面，白語北部語源區之洛本卓其以[mie]的音節結構表示眼睛和眉毛兩種語義，但眉毛雖然與眼睛有關但仍有所差異，因此，白語透過聲調值的屈折變化表示兩詞語的差異性：以[mie31]表示本義眼睛，以[mie21]表示引申而出的眉毛義。這類型的屈折變化在白語語音系統內還出現在肯定與否定的表現方面，例如在康福語區內表示「會」和「不會」時，即在韻母增添[-u-]介音表示否定語義：「會[la44（緊）]」對比「不會[lua44（緊）]」，或是改換聲母表示否定，例如：「有／在[tsɯ33]」對比「沒有／不在／別[pɯ33]/[mɯ33]」，否定形式的韻母[ɯ]，其語

音成分即包含[i]＋[u]而來，由此可知，在否定詞增加韻母[-u-]介音的成分即是受到[ɯ]的影響而形成。

　　從現代語音學角度審視白語現今的語言現象後，接續第三章開始即「溯『源』」，「源」，將著重區辨白語歷來所未辨識分明的詞源屬性，進行詳盡解析與屬性源的層次探究，並透過發音方法先論及白語聲母的特殊語音情況；第四章從發音部位、主流和非主流語音現象展開層次分析說明，將白語在中古時期，受到制約外源條件及內源自因影響而產生的音變一併細說分明，然而，這種制約鏈動的聲母演變，實則亦依據中古暨民家語時期的門法概念而推展。